l'Acadie
de 1686 à 1784

NAOMI E.S. GRIFFITHS

l'Acadie de 1686 à 1784

Contexte d'une histoire

traduction de
Kathryn Hamer

Nous remercions le Conseil des Arts du Canada de l'aide accordée à la traduction de ce livre de même qu'à notre programme de publication. L'éditeur désire également remercier la Direction des arts du Nouveau-Brunswick pour sa contribution à la réalisation de ce livre.

Cet ouvrage est une traduction de *The Contexts of Acadian History, 1686-1784* de Naomi Griffiths, publié par McGill-Queen's University Press.

Données de catalogage avant publication (Canada)

Griffiths, N.E.S. (Naomi Elizabeth Saundaus), 1934-
L'Acadie de 1686 à 1784 : contexte d'une histoire

Traduction de : The contexts of Acadian history, 1686-1784.

Comprend des références bibliographiques et un index.
ISBN 2-7600-0330-2

1. Acadiens – Histoire. I. Titre.

FC2041.G7414 1997 971.5'004114 C97-900285-0
F1037.G7414 1997

Conception de la couverture : Claude Guy Gallant
Photo de la couverture : Marc Paulin ; tirée du film *Les années noires* ; gracieuseté des Productions du Phare Est.
Mise en pages : Charlette Robichaud

ISBN 2-7600-0330-2

C.P. 885
Moncton, N.-B.
E1C 8N8

Note de la traductrice

Aux XVIIe et XVIIIe siècles, les règles de l'orthographe française étaient moins stables qu'aujourd'hui : dans les documents de l'époque, on note, par exemple, des variations considérables dans l'emploi des accents. Dans un souci de normalisation, nous avons suivi la pratique de la plupart des historiens modernes : Mascarene, par exemple, devient Mascarène ; Diereville (ou Diéreville) devient Dièreville.

Il convient de noter aussi qu'à partir de 1713, l'anglais fut la langue officielle de la communication administrative en Nouvelle-Écosse. C'est ainsi que toute communication entre les autorités anglaises et Mascarène, dont la langue maternelle était le français, fut rédigée en anglais (renseignements communiqués par l'auteur). Par ailleurs, l'importance des relations commerciales entre l'Acadie et le Massachusetts exigeait une certaine connaissance de l'anglais de la part des Acadiens (voir Jean Daigle, *Nos amis les ennemis : relations commerciales de l'Acadie avec le Massachusetts, 1670-1711*, 1975). Enfin, les pétitions adressées par les Acadiens aux Anglais au cours de l'exil furent rédigées en anglais : un certain nombre d'Acadiens connaissaient cette langue, et en outre se faisaient aider par la population anglophone qui les entourait (voir N.E.S. Griffiths, « Petitions of Acadian Exiles, 1755-1785. A Neglected Source », *Histoire sociale / Social History*, XI (n° 21), mai / May 1978, 215-223).

Autant que possible, les documents des XVIIe et XVIIIe siècles rédigés en français sont cités dans le français de l'époque ; ceux rédigés en anglais sont traduits en français moderne.

À ceux et à celles qui m'ont soutenue
par leur affection et par leur conviction que,
tôt ou tard, mes idées verraient le jour
sous une forme cohérente.

Table des matières

Cartes

Cartes 2, 4, 6 proviennent des Archives nationales du Canada. Cartes 1, 3, 5, 7, 8, 9. Préparation : Larry McCann. Dessin : Services de la cartographie, département de Géographie, Université d'Alberta. Carte 3 établie d'après A. H. Clark, *Acadia: The Geography of Nova Scotia to 1760*. Cartes 5, 7, 8, et 9 établies d'après Jean Daigle et Robert LeBlanc, « Déportation et retour des Acadiens », planche 30, *Atlas historique du Canada*, vol. 1, rédigé sous la direction de R. Cole Harris, Copyright Les Presses de l'Université de Montréal, 1987.

Avant-propos

Les conférences Winthrop Pickard Bell portent le nom d'un pionnier de l'étude de l'historiographie des provinces Maritimes, qui fut par ailleurs un généreux bienfaiteur de la Mount Allison University. En reconnaissance de la carrière distinguée de Bell, et à la demande de ses héritiers, une Chaire en études Maritimes fut inaugurée en 1977 à Mount Allison. C'est ainsi que Mount Allison a pu accueillir plus de trente spécialistes réputés, et assurer la publication de leurs conférences sous forme de collections d'essais et de monographies. Le présent ouvrage du professeur Naomi Griffiths de la Carleton University, est le plus récent de cette série.

Au cours de l'été et de l'automne 1988, le professeur Griffiths occupa la Chaire au Centre d'études canadiennes ; au cours des derniers mois de 1988 et des premiers mois de 1989, elle livra ses réflexions les plus récentes sur l'histoire acadienne, dans une série de conférences que nous avons ensuite réunies en volume. Son intérêt pour les Acadiens fut éveillé il y a plus de trente ans, au cours de ses études de maîtrise à la University of New Brunswick. Par la suite, dans sa thèse de doctorat, à la University of London, elle s'intéressa à la Déportation des Acadiens survenue pendant les années 1750. Depuis, elle a entrepris de nouvelles recherches et publié des articles portant sur différents aspects de l'histoire acadienne. Reconnaissant sa contribution aux études acadiennes, les universités de Moncton et de Sainte-Anne lui ont décerné des doctorats honorifiques.

Les recherches du professeur Griffiths se poursuivent. Depuis la fin de son mandat de doyenne de la Faculté de lettres à la Carleton University, elle exploite des archives en France, en Italie, aux États-Unis et au Canada pour élaborer son prochain ouvrage portant sur l'ensemble de l'histoire acadienne. Dans le volume que nous publions ici, les bases conceptuelles de ce futur travail sont inspirées de l'étude des contextes sociaux, économiques, politiques, spatiaux et culturels de l'histoire acadienne à des moments critiques de l'évolution de cette société distincte.

Ces essais révèlent la nature du projet historiographique du professeur Griffiths et soulignent la pertinence d'une approche interdisciplinaire. En effet, la géographie, la sociologie, l'anthropologie et d'autres domaines sous-tendent la chronique historique et l'interprétation d'une multitude de données. La recherche du professeur Griffiths dans les sources primaires est manifeste ; cependant, elle exploite également l'apport d'autres spécialistes. Enfin, ces conférences démontrent que pour comprendre l'identité acadienne il faut comprendre le cheminement collectif des Acadiens.

Naomi Griffiths nous honora de sa présence. Nous gardons encore le souvenir de sa sagesse, de son humour, des cours où elle fut conférencière, de la fête de Noël où elle récita des poèmes. Avec une remarquable générosité, elle partagea à la fois son savoir et son expérience quotidienne.

Larry McCann
Professeur d'études canadiennes

Remerciements

Aux spécialistes des études Maritimes, la chaire Winthrop Pickard Bell offre la précieuse récompense d'une période de réflexion, permettant le recul nécessaire pour évaluer les rapports entre l'activité intellectuelle individuelle et les intérêts de la communauté universitaire en général. Libéré des contraintes d'un échéancier rigide, on peut présenter ses idées non seulement à des collègues mais aussi au grand public. Replongée dans la routine universitaire, je suis d'autant plus reconnaissante de ces quelques mois de répit. Envers tous ceux dont j'ai apprécié la gentillesse et l'intelligence pendant mon séjour à Sackville, ma gratitude est sans limite. Par ailleurs, je tiens à remercier tout particulièrement Larry McCann, un être rare, un lecteur attentionné, passionné et exigeant. C'est en grande partie à lui qu'il convient d'attribuer la part utile des pages qui suivent.

Que Carmen Bickerton, Barry Moody, George Rawlyk et John Reid soient remerciés d'avoir lu le manuscrit du présent ouvrage et de m'avoir fait profiter de leurs observations.

Enfin, je tiens à remercier la Carleton University et le Conseil de recherche en sciences humaines du Canada (CRSH) pour leur généreux appui.

Introduction

Pour le chercheur en lettres et en sciences humaines, le choix du champ d'étude est fondamental, car de ce choix se manifestent souvent les partis pris et les préjugés. C'est pourquoi, depuis une vingtaine d'années[1], les historiens s'efforcent d'expliciter, voire de justifier, leurs recherches et la pertinence des données qu'ils exploitent. Cette étape préliminaire va à l'encontre du mythe tenace selon lequel l'histoire bien écrite peut se passer de manifestes théoriques et méthodologiques[2], notion qui d'après moi s'applique encore aux historiens les plus réputés. J'aimerais me croire dispensée de cet examen de conscience, car je préfère l'étude de mon sujet à l'analyse minutieuse de mon propre univers intellectuel. Cependant, j'admets la nécessité d'éclaircir mes objectifs en tant qu'historien.

Mon intérêt pour l'histoire acadienne découle en partie d'une longue connaissance de l'Acadie actuelle. Malgré des racines en Louisiane et en France, ce sont les 300 000 Canadiens français des provinces Maritimes qui constituent le noyau de la société acadienne du XXe siècle. En 1981, selon Statistique Canada, les Acadiens représentaient 5 p. 100 de la population de l'Île-du-Prince-Édouard et 4,2 p. 100 de celle de la Nouvelle-Écosse, tandis qu'ils constituaient 33,6 p. 100 de la population du Nouveau-Brunswick[3]. Depuis 1953, je connais des familles acadiennes d'un peu partout aux Maritimes. Je suis sensible à la musique traditionnelle

1. Voir surtout David Hackett Fischer, *Historians' Fallacies: Towards a Logic of Historical Thought* (New York, 1970) ; T. Stoianovich, *French Historical Method: The Annales Paradigm* (Ithaca, NY, 1976) ; François Furet, *L'Atelier de l'histoire* (Paris, 1982) ; Ian Craib, *Modern Social Theory from Parsons to Habermas* (New York, 1984).
2. Voir Bernard Bailyn, « The Problems of a Working Historian: A Comment », dans Sidney Hook (sous la direction de), *Philosophy and History* (New York, 1963), p. 93-94.
3. Ces chiffres englobent les recensés dont le français est la langue maternelle ; ils ne comprennent pas ceux qui se disent encore Acadiens, dont la langue parlée en famille n'est plus le français.

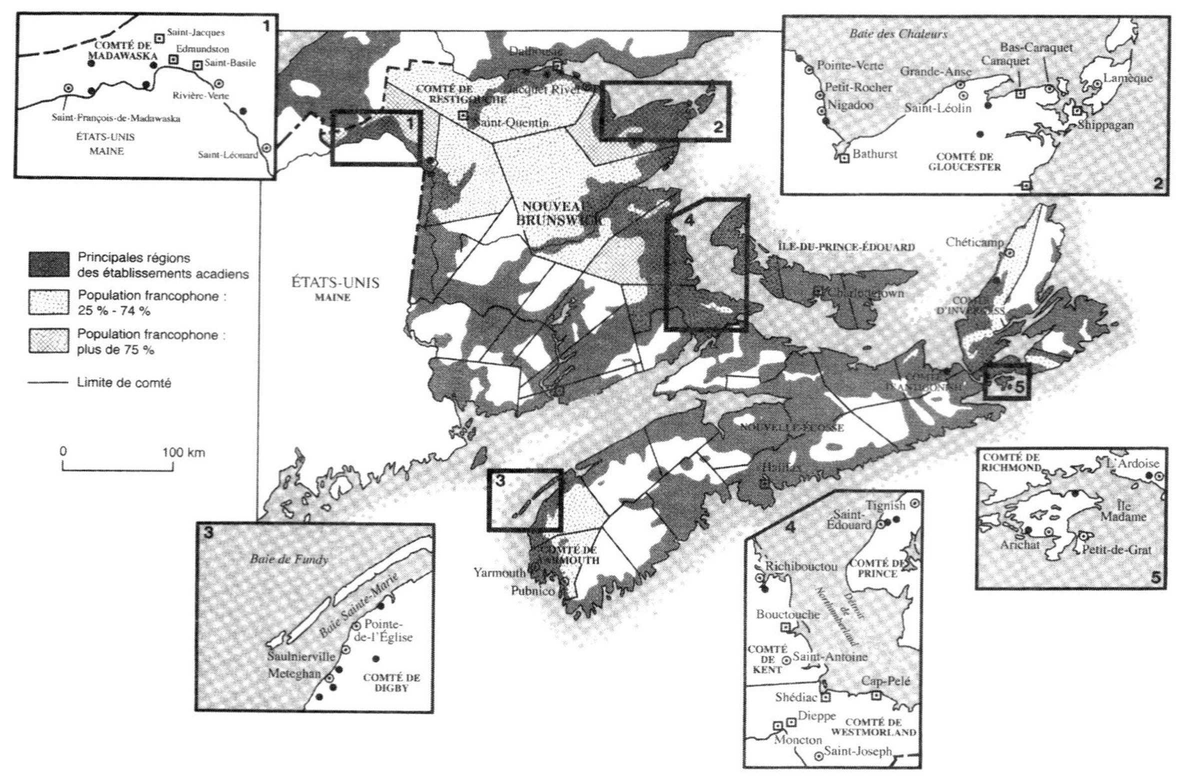

Principales régions des établissements acadiens, *ca* 1986.

acadienne telle qu'elle est interprétée par Édith Butler et Angèle Arsenault, et à la poésie, surtout celle d'Herménégilde Chiasson et de Léonard Forest[4]. Dans les romans acadiens je découvre un monde authentique : chez Antonine Maillet, dont Pélagie-la-Charrette remporta le Prix Goncourt en 1979, mais aussi chez des écrivains moins connus comme Laurier Mélanson[5]. J'apprécie également la danse et le théâtre, la peinture et la sculpture, la cuisine et l'artisanat acadiens[6]. Mais c'est surtout le paysage qui m'attire. J'admire l'architecture religieuse contemporaine comme celle de la cathédrale d'Edmundston, où les vitraux représentent les donateurs laïcs habillés en complet. La communauté acadienne d'aujourd'hui réside dans quelques-uns des plus beaux paysages du Canada : les dunes de Bouctouche, les vallées boisées du haut de la rivière Saint-Jean dans le comté de Madawaska, la côte entre Shédiac et Cap-Pelé, et de nombreuses enclaves éparpillées en Nouvelle-Écosse et à l'Île-du-Prince-Édouard.

Les connaissances personnelles mises à part, je suis inspirée aussi par la curiosité intellectuelle. D'où vient le sentiment d'appartenance à une communauté particulière, et quelle en est l'importance ? Même avant mon émigration au Canada en 1956, des étudiants francophones venus du Nouveau-Brunswick pour étudier à la London University avaient éveillé mon intérêt pour l'Acadie. Canadiens, ces étudiants s'estimaient néanmoins enrichis d'un héritage supplémentaire. Leur histoire remontait au XVIIe siècle et racontait le drame et la survivance d'un peuple qui, sans être politiquement indépendant, était motivé par le sentiment profond de posséder une identité unique. Pour eux, l'histoire était surtout marquée par des événements survenus au XVIIIe siècle ; par la déportation de la majorité de la communauté en 1755, résultat de la guerre que se livraient alors la France et l'Angleterre. À cette époque, je manquais de précisions sur le retour des déportés ; cependant, il était clair que le sens de l'identité

4. Voir les publications des Éditions d'Acadie, surtout l'ouvrage édité par Marguerite Maillet, Gérard Leblanc et Bernard Émont, *Anthologie de textes littéraires acadiens, 1696-1975* (Moncton, 1979).
5. *Zélika à Cochon Vert* (Montréal, 1981).
6. Voir Marielle Boudreau et Melvin Gallant, *Le Guide de la cuisine traditionnelle* (Moncton, 1980).

était tout aussi enraciné chez les Acadiens que chez les Gallois de ma propre famille.

C'est à la University of New Brunswick, sous la direction du professeur A.G. Bailey, que débutèrent en 1956 mes études sur les Acadiens. Dirigée par le professeur Bailey, et aidée par le père René Baudry de l'ancien Collège Saint-Joseph de Memramcook, je commençai à mieux comprendre les événements de 1755 et les interprétations qu'en faisaient les historiens. Depuis, en plus de susciter mon intérêt personnel, l'histoire acadienne est devenue mon champ d'étude privilégié.

Au fond, mes travaux se situent dans le domaine de l'ethnohistoire ; selon Bruce Trigger, cette discipline fut fondée par A.G. Bailey dans son ouvrage *The Conflict of European and Eastern Algonkian Cultures, 1504-1700: A Study in Canadian Civilization*[7]. Quelles sont les composantes d'une identité collective ? Comment les identités « nationales » sont-elles créées et exploitées au cours des années à des fins politiques et sociales ? Quelle est la durée de ces composantes identitaires ? Qu'est-ce qui en assure la pertinence pour les générations suivantes, dont les préoccupations sont souvent fort différentes ?

Dans ce contexte, l'histoire acadienne est le champ d'étude idéal : en effet, elle comprend des débuts très précis et une évolution complexe. Avant le milieu du XVIIe siècle, les Acadiens n'existaient pas : c'est-à-dire qu'aucun peuple ne se désignait comme acadien. La société acadienne fut construite par des immigrés européens dont les origines n'étaient nullement homogènes. Comme on le montrera, les traits distinctifs de la société acadienne ne s'expliquent pas par une identité déjà forgée en Europe.

C'est ainsi qu'en étudiant les racines de l'identité acadienne, j'ai été amenée à examiner des questions plus générales portant sur les migrations européennes du XVIIe siècle vers l'Amérique du Nord. En effet, c'est à cette époque que l'Atlantique Nord, lieu de pêche pour les Européens, devint aussi le lieu de passage vers des terres nouvelles[8]. D'après Bernard Bailyn, cette migration

---

7. L'analyse de Trigger est publiée dans *Natives and Newcomers: Canada's "Heroic Age" Reconsidered* (Montréal, 1985), p. 45.
8. L'analyse classique est celle de J.H. Parry, *The Discovery of the Sea* (Berkeley, 1981), p. 184-233.

transatlantique a joué depuis trois siècles un rôle capital dans la transformation de la vie du monde entier[9]. Selon lui, ce fut

> le mouvement centrifuge à partir des centres de peuplement d'origine, ce *Volkerwanderungen* qui supposait un nombre infini d'exodes et de colonisations à petite échelle, la création continue de frontières nouvelles et d'horizons élargis, le mélange progressif des peuples dans les régions frontalières, et enfin le déplacement massif, vers l'hémisphère occidental, d'émigrés venus d'Afrique, d'Europe, et surtout des îles anglo-celtiques, amenant ce que Bismarck appela « le fait décisif du monde moderne », le peuplement du continent nord-américain.

L'histoire de l'Acadie fait partie de cet immense mouvement des peuples. Son étude m'a permis d'élucider les rapports entre l'Europe et l'Amérique au cours des XVIIe et XVIIIe siècles, ainsi que les façons dont les Européens s'établirent dans un environnement jusqu'alors inconnu. C'est dans le but de construire une histoire critique de l'Acadie que je fus amenée à explorer la masse d'information portant à la fois sur les Européens et leurs idéologies et sur les Micmacs et les Malécites (les Amérindiens les plus proches des Acadiens).

En fondant mon enquête sur une démarche historique traditionnelle – l'établissement d'une chronologie événementielle à partir d'archives – je pus faire entrer, dans un cadre précis, des questions plus complexes portant sur l'évolution de l'identité acadienne. Il fallut d'abord établir les faits. Dans un premier temps, inventorier les expéditions européennes à destination de l'Acadie. Sous-jacent à cette démarche, se posent des questions touchant les conditions dans lesquelles elles se déroulèrent et par qui elles étaient autorisées. Dans un deuxième temps, quels furent les résultats du commerce découlant de ces expéditions par rapport aux questions territoriales ? Une fois la décision prise d'établir une colonie, quels furent les moments décisifs dans sa croissance et son évolution ? Finalement, à partir de quand les ressources de la colonie suffirent-elles à en nourrir la population et à quel moment cette dernière put-elle assurer le renouveau démographique euro-américain sans faire appel à de nouvelles migrations ? L'histoire acadienne compte déjà bon nombre d'études en anglais et

9. Bernard Bailyn, *The Peopling of North America: An Introduction* (New York, 1988), p. 4.

en français qui portent sur les événements politiques et diplomatiques. Par ailleurs, de nombreux historiens ont voulu faire l'histoire définitive de l'Acadie[10]. Cependant, il n'existe aucun ouvrage portant sur les liens entre l'expérience acadienne et le bagage d'idées et de connaissances qu'ils apportèrent avec eux.

C'est précisément dans ce domaine que je souhaite exploiter mes recherches archivistiques, afin d'expliciter les caractéristiques de ceux qui quittèrent l'Europe et dont les descendants s'appelèrent Acadiens. Par exemple, quelles étaient les origines familiales des émigrés ? Quelles coutumes de leur enfance les préparaient à affronter de nouveaux milieux et de nouvelles expériences ? Quelles institutions politiques et religieuses les avaient influencés ? Si nous manquons de renseignements sur les individus, nous en possédons par contre beaucoup sur les régions d'origine. Les registres des ports anglais et français, ainsi que les travaux généalogiques du Centre d'études acadiennes, permettent d'avancer quelques hypothèses. Qui plus est, la production historiographique des 30 dernières années portant sur la France du XVIIe siècle a considérablement enrichi nos connaissances de l'époque. Il est maintenant possible de se représenter la mentalité et la culture matérielle de l'immigrant moyen.

Cependant, il ne suffit pas d'étudier les immigrés installés dans des régions que les traités appelèrent, entre 1628 et 1763, « l'Acadie ou la Nouvelle-Écosse ». En effet, la fondation et l'évolution des nouvelles communautés furent marquées non seulement par la France et l'Angleterre, mais par l'intérêt croissant dont les deux pays témoignèrent à l'égard de leurs empires respectifs en Amérique du Nord. De fait, l'Atlantique reliait les deux continents autant qu'il les séparait. Par conséquent, l'évolution de l'Acadie dépendait de celle de l'Europe, dont l'univers idéologique fut transformé entre 1550 et 1760. C'est précisément la complexité des rapports entre colonies et métropoles qui met en cause les mythes de la permanence des traits nationaux anglais et français.

L'évolution de la société acadienne soulève autant de questions complexes que les rapports de cette société avec l'Europe.

10. Voir par exemple R. Rumilly, *Histoire des Acadiens*, 2 vol. (Montréal, 1955) ; et J.B. Brebner, *New England's Outpost* (New York, 1927).

Cependant, l'étude de la communauté acadienne des XVIIe et XVIIIe siècles est facilité par le fait d'une population relativement moins nombreuse : alors que les colonies américaines comptaient en 1710 plus de 350 000 personnes et la Nouvelle-France en comprenait 16 000, la population de l'Acadie ne dépassait guère 2 000 habitants. En outre, il existe une documentation abondante : des archives paroissiales, des recensements et même quelques souvenirs personnels. J'ai donc été amenée à réfléchir sur le rapport entre l'individu et le changement social ; en particulier sur les relations entre les structures familiales et les besoins de la société, le rôle médiateur joué par la famille dans la création et le maintien des normes sociales. Je me suis également interrogée sur l'interaction entre les structures de la vie et les cycles familiaux, ainsi que sur la tension entre les besoins de la société, les exigences de la communauté et les ambitions de l'individu.

Mon but est de rendre intelligible l'histoire d'un petit groupe, autant celle de la collectivité que celle des individus qui la composaient. L'étude de quatre périodes précises dans le cadre des conférences de la série Winthrop Pickard Bell m'a permis d'élaborer les grandes lignes d'une future étude de plus longue haleine. De toute évidence, le choix de ces périodes est subjectif. Il me semble que la première partie des années 1680, au cours de laquelle la migration vers l'Acadie augmenta la population d'une colonie déjà établie, constitue le point de départ logique de l'histoire acadienne. Il va sans dire que, comme la plupart des historiens, je préfère commencer par ce que le professeur Humphries de la University of British Columbia appelle l'époque où « la terre se refroidissait peu à peu ». Cependant, l'étude des débuts de la société acadienne permit d'examiner le mélange d'héritage européen et nord-américain. Surtout, l'histoire de ces années nous renseigne sur les différences entre les idéologies nationales du XVIIe siècle et celles des XIXe et XXe siècles.

Ensuite, les années 1730 montrent la communauté acadienne en plein essor économique, politique, social et culturel. C'est cette époque que j'ai appelé l'âge d'or de l'Acadie[11]. Il est important de comprendre cette période, non seulement pour découvrir la vie

11. N.E.S. Griffiths, « The Golden Age: Acadian Life, 1713-1748 », *Histoire sociale / Social History*, vol. 17, nº 33 (mai / May, 1984), p. 24-34.

acadienne de l'époque précédant la déportation, mais pour en comprendre le souvenir qui serait entretenu par les générations suivantes. En effet, ce sont ces années qui inspirèrent Longfellow. Dans la mémoire collective, ce fut une époque d'innocence et de bien-être, l'époque où les traits principaux de la communauté acadienne furent dessinés.

Enfin, les troisième et quatrième périodes sont évidemment les années précédant la Déportation et la période d'exil. Sur la Déportation, j'émettrai quelques hypothèses qui risquent de déplaire à certains ; cependant, je me suis efforcée de soulever dans mes conférences les questions qui me paraissent essentielles, en évoquant les données dont il faut tenir compte.

La présente étude développe les quatre conférences, mais dans des limites assez restreintes. Je compte terminer sous peu un ouvrage dont la cohérence sera fondée sur la vision du monde de ceux qui constituaient la communauté acadienne. Ce qui m'intéresse surtout, c'est la création, par une poignée d'immigrés, d'une collectivité se reconnaissant comme « acadienne ». Quelles furent les étapes de cette création ? Comment une société d'émigrés a-t-elle élaboré une identité collective capable de survivre à des épreuves exceptionnelles ? Il est à espérer que le lecteur trouvera l'ébauche de quelques réponses dans les pages qui suivent.

Sigles

Les sigles suivants sont employés dans les notes :

AC	Archives des colonies (Paris)
DBC	*Dictionnaire biographique du Canada*, George Brown *et al.* (sous la direction de) Toronto, 1965-.
ANC	Archives nationales du Canada
PANS	Public Archives of Nova Scotia

Chapitre I

Les années 1680 : la colonie prend racine

C'est en 1604 que fut entreprise la première colonisation européenne officielle de la région que les traités internationaux conclus de 1628 à 1763 reconnaîtront comme « l'Acadie ou la Nouvelle-Écosse ». L'année précédente, Henri IV, alors roi de France, avait nommé Pierre du Gua, sieur de Monts, vice-roi et capitaine-général « aux païs, territoires, côtes et confins de la Cadie : A commencer dés le quarantième degré, jusques au quarante-sixiéme », et lui avait confié l'administration des colonies ainsi désignées[1]. Pendant les 80 années qui suivirent, une nouvelle communauté composée en majorité de Français, mais aussi de quelques Anglais, s'efforça de s'implanter, souvent face à d'âpres difficultés, dans ce qui est devenu la Nouvelle-Écosse. Ce n'est que vers la fin des années 1680 que la colonie devint autonome tant économiquement que démographiquement. En 1689, l'Acadie comptait environ un millier d'habitants d'origine européenne et deux ou trois mille Amérindiens, en majorité des Micmacs[2]. Le français était la langue principale de la colonie, mais nombre de ses habitants comprenaient l'anglais. Officiellement, elle était catholique, mais

1. « Commission du Roy au Sieur de Monts, pour l'habitation ès terres de la Cadie, Canada & autres endroits en la Nouvelle-France », AC, C11A.I, p. 58 ss. Publié dans Marc Lescarbot, *Histoire de la Nouvelle France* (Paris, 1607), éd. W.L. Grant et H.P. Biggar (Toronto, Champlain Society, 1911), 2 : p. 211-226.
2. Les chiffres pertinents aux Européens sont des estimations de A.H. Clark, *Acadia: The Geography of Early Nova Scotia to 1760* (Madison, 1968), p. 123, qui cite les divers recensements réalisés au cours des années 1680. Voir aussi M. Roy, « Peuplement et croissance démographique », dans Jean Daigle (sous la direction de), *Les Acadiens des Maritimes* (Moncton, 1980), p. 144.

non intolérante, de sorte que l'on peut même supposer la présence d'une minorité protestante au sein de la colonie.

L'identité acadienne était encore en gestation à la fin des années 1680 ; cependant, il était déjà possible de discerner plusieurs caractéristiques qui se révéleront très importantes par la suite. Au cours de ces années de lutte, cette société forma ses propres attitudes à l'égard de l'autorité extérieure, séculaire autant que religieuse ; de la possession et de l'exploitation des terres, des peuples micmac et malécite ; et à l'égard des colonies plus importantes de la Nouvelle-France et de la Nouvelle-Angleterre. Au début du XVIIIe siècle, ces attitudes constitueront la base de la position de l'Acadie par rapport aux mêmes questions. L'identité acadienne naquit du rythme des activités quotidiennes et de l'évolution des relations entre les émigrés et le nouveau monde. L'influence de l'Europe demeura cependant constante.

Ainsi que David Quinn l'a maintes fois souligné, « bien qu'il s'agisse d'un truisme, nous ne pouvons pas oublier que l'histoire et les traditions respectives de la France, de l'Angleterre et de l'Espagne ont modelé leurs colonies des Amériques[3] ». Mais avant tout, l'Europe dominait la vie politique de ces sociétés nouvelles. En premier lieu, les politiques arrêtées par les métropoles avaient sur leurs colonies des conséquences parfois imprévues, mais indéniables. D'autre part, la pensée politique européenne – fondée sur certaines notions de l'autorité et des institutions publiques, des croyances et des organismes religieux, des droits civiques et du processus gouvernemental – fut le point de départ de la rhétorique politique de ces nouvelles sociétés. Si les politiques gouvernementales et les idéologies de l'Europe étaient une toile de fond complexe, presque énigmatique pour les émigrés, elles n'en constituèrent pas moins un héritage incontournable pour ceux qui fondèrent les nouvelles entités politiques de l'Amérique du Nord.

Le patrimoine légué par l'Europe ne se limita pas non plus à un événement politique donné, ni à une théorie politique immuable. En ce qui concernait les politiques pratiques et théori-

3. David B. Quinn, « Colonies in the Beginning: Examples from North America », dans Stanley H. Palmer et Dennis Reinhartz (sous la directiaon de), *Essays on the History of North American Discovery and Exploration*, Walter Prescott Webb Memorial Lectures (Austin, 1988), p. 10.

ques, les communications entre les métropoles et les colonies ne furent jamais interrompues, bien que la rapidité et l'importance en aient fluctué. De même, l'Europe eut sur le développement social et économique des colonies une influence variable, mais permanente.

L'importance relative du patrimoine européen et des ressources de l'Amérique du Nord dans la formation de ces sociétés nouvelles a donné lieu à un vigoureux débat[4]. Pourtant, pour l'Acadie du XVIIe siècle comme pour la plupart des autres colonies européennes d'Amérique du Nord à cette époque, l'apport européen était tout aussi important dans la vie quotidienne que l'élément nord-américain. Leur importance relative a pu varier, mais ils ne cessèrent jamais ni l'un ni l'autre d'influencer la vie politique et les préoccupations des colons. En outre, ces derniers ne constituaient pas une composante immuable d'un système en circuit fermé, pas plus que la France et l'Angleterre n'étaient des éléments statiques du monde d'outre-Atlantique. En fait, l'environnement nord-américain et l'influence européenne évoluèrent tous deux ; conséquemment, ils eurent un impact variable sur les colonies en pleine croissance.

À l'époque du règne chaotique de Louis XIII et de celui de Louis XIV marqué par la guerre et l'amertume, la dynastie des Stuart s'écroula en Angleterre et d'importantes transformations se produisirent en Amérique du Nord. La dévastation des populations amérindiennes, qui avait commencé au XVIe siècle, ralentit mais ne cessa pas au siècle suivant ; et l'impact de la traite des fourrures sur l'environnement nord-américain se manifesta de plus en plus[5]. L'Acadie fut donc soumise à diverses influences extérieures

---

4. C'est à F.H. Turner que nous devons l'hypothèse de l'importance primordiale des terres frontalières de l'Amérique du Nord dans la formation de sociétés nouvelles. Voir « The Significance of the Frontier in American History », *Annual Report of the American Historical Association for the Year 1893* (Washington, D. C., 1894), p. 199-277. Dans *The Founding of New Societies: Studies in the Social History of the United States, Latin America, South Africa, Canada and Australia* (New York, 1964), Louis Hartz se fit le porte-parole de ceux qui soulignaient l'héritage européen. Voir aussi l'analyse des deux arguments dans la conférence prononcée par S.F. Wise à l'Association canadienne d'histoire : « Liberal Consensus or Ideological Background: Some Reflections on the Hartz Thesis », *Historical Papers / Communications historiques* (Ottawa, 1974), p. 1-15.
5. Au sujet de la démographie amérindienne, voir en particulier James Axtell, *The European and the Indian: Essays in the Ethnohistory of North America* (New York, 1981),

au même moment où elle se développait. La société de la petite ville de Port-Royal à la fin des années 1680 était très différente de celle du premier fort construit en 1605.

Un aspect des tensions entre l'Europe et l'Amérique se dégage clairement de la question des frontières de « l'Acadie ou la Nouvelle-Écosse », problème qui amènera les Acadiens à adopter une position de neutralité. La situation fut influencée autant par l'ambition des hommes d'état européens que par la géographie nord-américaine. De toute évidence, la connaissance précise de cette géographie ne faisait pas partie du bagage intellectuel des politiciens et des bureaucrates européens. Par conséquent, les revendications et contre-revendications des puissances européennes furent compliquées par leurs notions de la situation et de l'importance de ces vastes territoires qui s'ouvraient à la colonisation[6]. Les politiques anglaises et françaises relatives à « l'Acadie ou la Nouvelle-Écosse » furent largement déterminées par des ambitions visant des territoires inconnus, et qui n'avaient que peu de rapport avec les colonies européennes existantes en Amérique du Nord. Qui plus est, comme le double nom le démontre, c'était à la fois la délimitation et l'appartenance du territoire acadien qui donnèrent lieu à des contestations.

Les différends au sujet de la future Acadie éclatèrent presque en même temps que la première entreprise de colonisation. Après tout, si l'on peut qualifier « l'invasion de l'Amérique » de « mouvement européen » comme le fait K.R. Andrews[7], il importe de se souvenir que cette invasion fit passer outre-Atlantique les rivalités européennes. Au moment où la France commençait à porter ses visées coloniales sur l'Acadie, les Anglais fixaient les leurs sur le golfe du Saint-Laurent et exploraient les côtes de la future Nouvelle-

---

et *The Invasion Within: The Contest of Cultures in Colonial North America* (New York, 1985). Sur l'écologie, voir Calvin Martin, *Keepers of the Game: Indian-Animal Relations and the Fur Trade* (Los Angeles, 1978).

6. Sur le débat concernant les tentatives européennes de justifier leurs revendications, voir Olive Patricia Dickason, « Old World Law, New World Peoples and Concepts of Sovereignty », dans Palmer et Reinhartz (sous la direction de), *Essays*, p. 52-78. Certaines hypothèses élaborées dans cet essai se retrouvent dans L.C. Green et Olive P. Dickason, *The Law of Nations and the New World* (Edmonton, 1989).
7. Kenneth R. Andrews, *Trade, Plunder and Settlement: Maritime Enterprise and the Genesis of the British Empire, 1480-1630* (Cambridge, 1984), p. 304.

Angleterre[8]. Non seulement les explorateurs, les négociants, les missionnaires et quelques prétendus colons des deux pays exploraient plus ou moins le même territoire, mais les revendications officielles de leurs gouvernements concernant ce même territoire étaient vastes, imprécises et souvent contradictoires. Par exemple, la concession de terres faite à de Monts en 1603 délimitait un territoire à la fois vaste et mal défini[9]. Dix-huit ans plus tard, soit en 1621, les Écossais ne se montrèrent guère plus exacts. Cette année-là, Jacques Ier d'Angleterre et VI d'Écosse, entreprit la colonisation de la même région, appelée pour les besoins de la cause *Nova Scotia* ou *New Scotland*[10] ; et les documents officiels dont fut pourvu son délégué, sir William Alexander, futur vicomte de Stirling, affirmaient les mêmes droits sur une grande partie du même territoire, avec la même inexactitude. On fit valoir à l'époque que ce document était le mieux fait des deux, puisqu'il se servait de points de repère géographiques et non de latitudes pour délimiter le territoire octroyé, comme le revendiqua sir William Alexander[11]. En fait, il ne fut pas plus pratique de situer l'Acadie entre la rivière Sainte-Croix et le Saint-Laurent que de la délimiter selon les degrés de latitude. L'établissement de nouvelles colonies européennes importantes de part et d'autre du territoire acadien au cours du XVIIe siècle, elles-mêmes dotées de frontières tout aussi imprécises, donna lieu à des disputes d'une extraordinaire complexité.

Les puissances qui revendiquèrent « l'Acadie ou la Nouvelle-Écosse » de 1604 à 1763 cherchèrent à s'approprier la même région, qui comprenait l'actuelle Nouvelle-Écosse, le sud du Nouveau-Brunswick, et une partie du nord-est du Maine et du sud-est du Québec. Au début du XVIIe siècle, cette région avait peu

8. David B. Quinn, *England and the Discovery of America, 1481-1620* (New York, 1974), p. 311-363.
9. « Lettres Patentes : 8 nov. 1603 », AC, C11A.I, p. 78 ss. ; « Commission du roy et de Monsigneur l'amiral au Sieur de Monts, pour l'habitation de terres de Lacadie, Canada & autres endroits de la nouvelle France », 29 janv. 1605, AC, C11A.I, p. 58 ss., dans Grant et Biggar (sous la direction de) *Histoire de la Nouvelle France*, 2 : p. 496 ss.
10. La meilleure chronique moderne de ces efforts est celle de John Reid, *Acadia, Maine and New Scotland: Marginal Colonies in the Seventeenth Century* (Toronto, 1981).
11. Sur les ramifications politiques des revendications écossaises, voir Reid, *Acadia*, surtout p. 24-25.

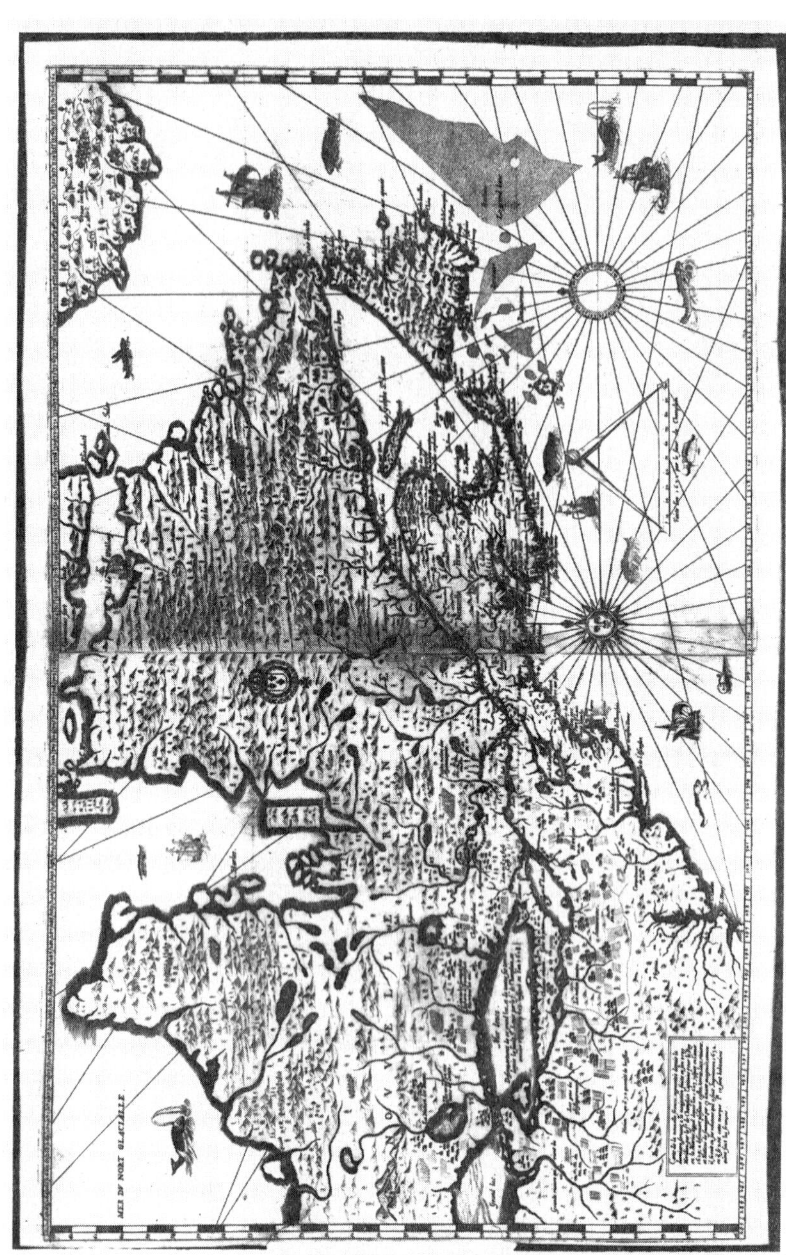

Carte du Canada atlantique par Champlain, 1632 (ANC, NMC 51970).

d'intérêt pour la France et l'Angleterre au point de vue social et économique. Toutefois, la situation changea vers les années 1680 : devenue le point de rencontre de territoires beaucoup plus étendus et l'objet de vastes ambitions contradictoires par les deux puissances, cette région avait acquis une grande importance politique. De toute évidence, la patrie des Acadiens était aussi l'une des parties les plus importantes de la frontière entre la Nouvelle-France et la Nouvelle-Angleterre. En outre, « l'Acadie ou la Nouvelle-Écosse » était semblable à tout autre territoire frontalier situé entre deux grandes puissances. Elle fut gouvernée par l'une, puis par l'autre. L'importance de la domination écossaise et britannique au XVIIe siècle a souvent été sérieusement sous-estimée, pour ne pas dire oubliée[12] ; l'Acadie fut pourtant brièvement gouvernée par l'Écosse vers la fin des années 1620, et plus longuement, de 1654 à 1670, par Londres et Boston. A.H. Clark a qualifié cette période d'« interrègne[13] », mais son influence sur la vie en Acadie fut cruciale. C'est à cette époque que se forgèrent certaines attitudes des Acadiens à l'égard de la religion, de la politique et de la propriété foncière. C'est pendant ces années que les Acadiens établirent des rapports avec les « Bostonnais » qui devinrent, selon l'expression de Jean Daigle, « nos amis les ennemis[14] ». Les Acadiens se transformèrent également en un peuple frontalier à l'instar des Basques, plutôt qu'un peuple qui vivait tout simplement sur une frontière, tel que les Écossais des Lowlands.

Dès les années 1680, l'Acadie avait déjà été gouvernée par la France et par l'Angleterre, et avait dû compter, en outre, avec les visées de la Nouvelle-France et de la Nouvelle-Angleterre. La France s'était toujours préoccupée de l'Acadie de façon plus constante que l'Angleterre. Cependant, en dépit des efforts de trois générations, la colonie ne faisait encore que subsister. Bien que l'Acadie ait le plus souvent été considérée comme une possession française de 1604 à 1713, son développement ne fut pourtant jamais subventionné de façon importante par les différents gouvernements

---

12. Deux exceptions à cette tendance sont l'ouvrage de George Rawlyk, *Nova Scotia's Massachusetts: A Study of Massachusetts-Nova Scotia Relations, 1630 to 1784* (Montréal, 1978), et Reid, *Acadia*.
13. Clark, *Acadia*, p. 107-108.
14. Jean Daigle, *Nos amis les ennemis : relations commerciales de l'Acadie avec le Massachusetts, 1670-1711*, thèse de doctorat, University of Maine, 1975.

de la métropole. Elle comptait encore moins que la Nouvelle-France dans les affaires de l'État[15].

Il importe de définir la place réservée au développement colonial dans les politiques des états européens au XVIIe siècle. On pourrait aisément déceler à cette époque les germes du sentiment nationaliste évident au XIXe et au XXe siècles ; mais bien que certains aspects idéologiques eussent déjà commencé à percer à cette époque, les conditions nécessaires à l'élaboration d'un nationalisme moderne n'existaient pas encore[16]. L'émigration française en Amérique au XVIIe siècle n'était pas un mouvement national, car comme l'a fait remarquer Peter Moogk, « il serait anachronique de considérer les Bretons, les Basques, les Flamands, les Alsaciens, les Provençaux et les groupes qui parlaient des formes dialectiques du français comme le "peuple français"[17] ». L'émigration française à cette époque fut plutôt une lente et circonspecte aventure entreprise par de petits groupes et attribuable aux politiques de l'État français[18].

Dans le contexte de l'évolution politique de l'Europe du XVIIe siècle, les décisions françaises et britanniques à l'égard de l'Acadie furent influencées par des facteurs politiques et sociaux. Premièrement, la nature et les intérêts des gouvernements européens étaient liés avant tout à ceux de leurs souverains et de la famille de ceux-ci. La vie politique était en grande partie subordonnée à la protection des droits héréditaires du monarque et de ses descendants. Par conséquent, les politiques visant à maintenir l'ordre à l'intérieur du royaume, assurant ainsi non seulement sa sécurité mais aussi la suprématie de la maison régnante, étaient de première importance pour les dirigeants de ces états. Pendant la majeure partie du siècle, l'ordre fut gravement perturbé en France comme en Angleterre : celle-ci dut subir une terrible guerre civile, tandis que la France fit face à la Fronde et aux conséquences

15. Peter N. Moogk, « Reluctant Exiles: Emigrants from France in Canada before 1760 », *The William and Mary Quarterly*, 46 (1989), p. 463-505.
16. Voir en particulier E. Gellner, « Nationalism and the Two Forms of Cohesion in Complex Societies », dans Gellner, *Culture, Identity and Politics* (Cambridge, 1978), p. 15.
17. Moogk, « Reluctant Exiles », p. 504.
18. La thèse de doctorat de L.P. Choquette, « French Emigration to Canada in the Seventeenth and Eighteenth Centuries » (Harvard University, 1988), présente l'analyse la plus complète de cette question.

de la *révocation de l'édit de Nantes* ; ces perturbations internes mobilisèrent toutes les ressources, tant intellectuelles qu'économiques.

En second lieu, il faut se rappeler que pendant la plus grande partie du XVIIe siècle, les colonies telles que la Nouvelle-Angleterre, la Nouvelle-France et l'Acadie eurent peu d'importance au point de vue économique. La traite des fourrures et la pêche n'exigeaient pas d'installations permanentes, bien que celles-ci aient pu leur être bénéfiques à long terme. En France, il y eut beaucoup d'opposition à la colonisation pendant la première moitié du siècle, et l'on sait que l'Angleterre l'avait interdite à Terre-Neuve[19].

Ceci dit, il est clair que la notion de colonisation a joué un rôle majeur dans l'élaboration des politiques des deux pays à partir du XVIe siècle. Comme l'a souligné John Reid, l'attrait de l'entreprise coloniale provenait en partie du désir d'imiter les succès espagnols et d'acquérir « de vastes territoires coloniaux pour le prestige national et personnel de ceux qui y auraient joué un rôle direct[20] ». Les métropoles espéraient toujours en retirer d'importants avantages économiques grâce à la découverte d'or, de métaux précieux ou de pierreries, ou d'autres prétendues sources de richesses. Toute colonie qui ne produisait pas rapidement les résultats escomptés perdait sa valeur aux yeux des gouvernements européens. Ces derniers s'en désintéressaient, sauf lorsqu'elle semblait pouvoir assurer la suprématie sur d'autres territoires, ou qu'elle pouvait servir de pion dans le jeu de la politique internationale ou qu'elle renforçait, un tant soit peu, le prestige national.

Les événements de 1686 convainquirent Louis XIV et ses ministres que l'Acadie réunissait toutes ces qualités. En effet, ce fut l'année où la France et l'Angleterre commencèrent à subir les conséquences de plus en plus néfastes de leurs politiques. En Angleterre, le roi Jacques II venait d'accéder au trône et entendait rétablir dans son pays et la religion catholique, et les droits indiscutés du souverain. L'année précédente, Louis XIV avait révoqué l'*édit de Nantes*, mettant fin à toute apparence de tolérance religieuse dans son royaume. En 1686, les deux monarques comprirent qu'il leur

19. C. Grant Head, *Eighteenth Century Newfoundland: A Geographic Perspective* (Toronto, 1976) ; et L. Codignola, *The Coldest Harbour of the Land: Simon Stock and Lord Baltimore's Colony in Newfoundland, 1621-1649* (Kingston et Montréal, 1988).

20. Reid, *Acadia*, p. xiv.

fallait élaborer des politiques qui justifieraient ces actions aux conséquences discutables. Tous deux désiraient organiser leurs affaires extérieures de façon à pouvoir se concentrer sur leur politique intérieure et à rendre celle-ci plus acceptable. C'est pour cette raison qu'ils tentèrent de régler la question de leurs intérêts respectifs en Amérique du Nord par le *Traité de neutralité* ratifié à Whitehall le 16 novembre 1686.

Il s'agissait d'un traité fondé sur le concept européen de la colonie en tant qu'extension du royaume. Ce concept témoignait de l'incompréhension du fait que les colonies pouvaient posséder leurs propres ambitions sur le plan politique, et que ces ambitions différaient de celles que les métropoles leur proposaient[21]. Il ne tenait pas compte non plus de la situation géographique et économique du Massachusetts ou de l'Acadie, ni de l'interdépendance qui existait déjà entre ces colonies. Les clauses relatives à l'Amérique du Nord étaient si défavorables à l'une ou à l'autre partie que leur application paraissait aléatoire dès le début.

L'une de ces clauses, a noté George Rawlyk,

> interdisait spécifiquement aux pêcheurs du Massachusetts de faire sécher leur poisson sur le territoire de la Nouvelle-Écosse ; si cette clause avait été appliquée, elle aurait eu des conséquences sur l'ensemble de l'économie du Massachusetts[22].

Sans considérer la difficulté d'appliquer une telle mesure, étant donné la géographie des côtes et la technologie navale de l'époque, les auteurs de cette clause n'avaient de toute évidence aucune compréhension de l'industrie de la pêche dans les colonies, ni de son importance pour l'économie de l'Acadie et du Massachusetts.

Mais ces questions n'avaient que peu d'intérêt pour les diplomates européens. La clause qui revêtait à leurs yeux le plus d'importance était celle qui en avait le moins pour les colons nord-américains. Elle stipulait que même si la France et l'Angleterre se

---

21. Pour une analyse perspicace de la politique coloniale de Londres, voir W.A. Speck, « The International and Imperial Context », dans Jack P. Green et J.R. Pole (sous la direction de), *Colonial British America: Essays in the New History of the Early Modern Era* (Baltimore, 1984), p. 384-407, surtout p. 395 ; voir aussi C.W. Cole, *Colbert and a Century of French Mercantilism*, 2 vol. (Connecticut, 1964), 2 : p. 1-131, qui étudie la politique de Versailles.
22. Rawlyk, *Nova Scotia's Massachusetts*, p. 49.

faisaient la guerre en Europe, « leurs colonies d'Amérique maintiendraient la paix et la neutralité[23] ». Cette clause laisse à penser que les métropoles entendaient contrôler tout conflit entre les colonies nord-américaines. Il ne faut pas oublier qu'à l'époque la rapidité des communications transatlantiques était à la merci des caprices météorologiques. Dans les meilleures conditions possibles, les meilleurs navires effectuaient la traversée en 49 jours[24], et il ne s'agissait là que de la moitié du voyage, du port de départ au port d'arrivée. Entre l'envoi d'une missive aux autorités métropolitaines et la réception de la réponse, il pouvait se passer bien des choses ; une telle communication se faisait rarement en moins de cinq mois, et cela seulement si la réplique était immédiate, ce qui ne se produisait pas souvent.

En d'autres termes, malgré les modes de communication modestes du XVIIe siècle et l'ignorance de la France et de l'Angleterre à l'égard des régions éloignées de leurs empires, les métropoles s'attendaient à ce que leurs politiques fussent acceptées et appliquées par leurs colonies. Ceci était en partie attribuable au fait que la mère-patrie détenait officiellement le pouvoir de nommer ses administrateurs coloniaux. Comme cela se produisait dans la métropole, ces administrateurs étaient parfois compétents et récompensés en conséquence ; il arrivait aussi que des fonctionnaires malhonnêtes ou incompétents soient choisis grâce à une influence bien placée. En France, ces nominations dépendaient de l'autorité personnelle du monarque.

Par conséquent, le gouvernement de l'Acadie et des autres colonies françaises ne pouvait qu'être arbitraire et sans ligne directrice. Les affaires de l'Acadie ne furent jamais aussi importantes pour la France que pour les Acadiens. Bien que les fonctionnaires choisis pour administrer la colonie fussent parfois compétents, le plus souvent ces hommes avaient obtenu leur poste grâce à leur influence et non parce qu'ils le méritaient.

Ce fut le cas de François Perrot qui avait perdu son poste de gouverneur de Montréal pour s'être livré à la contrebande et à

23. Le traité est reproduit dans *Édits, ordonnances royaux, declarations et arrets du Conseil d'État du roi concernant le Canada*, 3 vol. (Québec, 1803), 1 : p. 258.
24. Gilles Proulx, *Between France and New France: Life Aboard the Tall Sailing Ships* (Charlottetown, 1984), p. 57.

d'autres activités aussi peu recommandables et qui fut nommé gouverneur de l'Acadie le 10 avril 1684[25]. Il gouverna à Port-Royal comme il l'avait fait sur la rive du Saint-Laurent ; il envoya directement à Boston les étoffes de toile et le vin, et continua « jusques a débiter luy mesme dans sa maison, a la vue des estrangers, la chopine et le demyar d'eau de vie [...][26] ». Sa carrière prit fin en 1687, pas tellement parce que la France s'inquiétait de l'effet néfaste de son incompétence et de sa corruption sur la colonie, mais surtout parce que l'Europe se préoccupait davantage des affaires de la Nouvelle-France et de la Nouvelle-Angleterre ; l'Acadie était devenue un pion important sur la scène politique internationale.

C'est donc à bon escient que Louis XIV, monarque absolu, usa de son autorité au moment de la nomination du successeur de Perrot. Le Roi-Soleil affrontait alors de graves problèmes tant internes qu'externes : d'une part, les remous provoqués par la *révocation de l'édit de Nantes*, et d'autre part une situation internationale tendue, prélude à ce que certains ont qualifié de Première Guerre mondiale[27]. Néanmoins, son attention retenue par la question de la souveraineté territoriale française dans la région de la baie de Fundy, le roi était persuadé de l'utilité de la colonie dans ses grands desseins et il s'occupa lui-même du choix du gouverneur. Malgré les autres soucis domestiques et diplomatiques qui préoccupaient ses ministres, les nominations furent décidées rapidement et le roi signa les lettres d'instruction destinées à ceux chargés de l'administration de l'Acadie.

À la différence des gouvernements de cette fin de XXe siècle, ceux qui géraient les affaires de l'état en 1686 élaboraient leurs stratégies dans un monde où la communication dépendait du temps et de la rapidité des chevaux et des bateaux, et où la plume était le seul instrument pour rapporter l'information écrite. De plus, la situation était aggravée par la nécessité d'obtenir au préalable le

25. Sur ce coquin sympathique, voir W.J. Eccles, « François-Marie Perrot », *DBC*, 1 : p. 552-554.
26. « Saint-Castin à Denonville, 2 juillet 1687, » dans *Collection des Manuscrits contenant lettres, mémoires et autres documents historiques relatifs à la Nouvelle-France*, 4 vol. (Québec, 1883-1885), 1 : p. 400.
27. En fait, cette guerre fut déclenchée par l'invasion française de la Rhénanie en 1688. Voir John B. Wolf, *Louis XIV* (New York, 1968), p. 446-490.

consentement du roi à toute initiative importante. Dans ces conditions, les politiques gouvernementales, ainsi que leurs résultats, semblaient parfois dépendre autant du hasard que de l'intention.

Toutefois, la nomination en 1687 de Louis Alexandre des Friches de Menneval[28] comme gouverneur et commandant de l'Acadie ne fut pas un hasard. De bonne naissance, cet officier de carrière avait mérité l'estime de Turenne. Maintenant c'était à lui qu'il incombait de consolider cet avant-poste négligé de l'empire et de rétablir le prestige fortement détérioré de la France dans cette région. Menneval reçut ses ordres en avril 1687[29].

Les historiens ont longtemps souligné le fait que ces ordres comprenaient l'exclusion des Anglais des activités de pêche et de commerce en Acadie[30]. Il est vrai que cette interdiction joua un rôle capital et que de plus, le nouveau gouverneur fut appuyé dans l'exercice de ses pouvoirs par l'envoi d'hommes, de matériel et d'une frégate légère. Nul doute d'ailleurs que cette politique eut un effet profond sur la colonie.

Cependant, les deuxième et troisième paragraphes des ordres de Menneval fournissent des renseignements encore plus intéressants qui font la lumière sur la structure interne de l'Acadie. Le roi se plaint de ceux qui « prétendent avoir les concessions exclusives sur vastes estendues dudit pais, mesme avec la faculte d'accorder des concessions a d'aultres » et qui n'étaient plus que des propriétaires absentéistes, « uniquement occupez à la traitte dans les bois, et dans une débauche scandaleuse exercent aussy des violences contres les Francois soubs pretextes desdites concessions ». Menneval fut chargé de réimposer l'autorité de la Couronne et reçut pleins pouvoirs pour rapatrier – « repasser en France » – les réfractaires. Des Acadiens qui s'insurgeaient contre les Français ? Qui osaient remettre en question l'autorité du Roi ? Qui menaient une vie de débauche scandaleuse ? De telles phrases laissent deviner certaines réalités de la société acadienne de l'époque qui étaient fort différentes de l'image que la France se faisait de ses colonies.

---

28. Voir la biographie de René Baudry dans *DBC*, 2 : p. 189-191.
29. Ceux-ci sont publiés dans *Collection des manuscrits*, 1 : p. 396-399.
30. Rawlyk, *Nova Scotia's Massachusetts*, p. 53 ; et René Baudry, *DBC*, 2 : p. 189-191.

Bien que les Acadiens étaient peu nombreux à cette époque, nous disposons d'un assez grand nombre de renseignements sur la population. Trois recensements des années 1680 ont survécu[31] ; même pour un continent qui aimait compter ses habitants, c'est un nombre considérable[32]. Les données qu'ils fournissent (quoique parfois approximatives) sur la répartition des sexes et des âges, le nombre d'enfants par famille, l'emplacement des habitations, le nombre de bétail et la superficie des terres défrichées, sont d'une grande importance pour l'étude de plusieurs aspects de la société acadienne de la fin du XVIIe siècle[33].

D'abord, il est clair que le taux de fertilité était élevé et que les enfants survivaient. Dans tous les établissements, la famille moyenne semble composée de cinq ou six enfants. Dans une étude récente ajoutant d'autres données à celles des trois années de recensements et qui exploite aussi les quelques archives paroissiales disponibles, Gysa Hynes conclut que la famille moyenne comptait

31. Le premier fut dressé par Perrot et remanié par Jacques de Meulles. Il fut publié deux fois avec indication complète des noms, la publication la plus récente étant dans le *Bulletin des recherches historiques* (1932). Le deuxième recensement fut compilé par Gargas en 1687-1688 ; il est publié dans W.I. Morse (sous la direction de), *Acadiensis Nova* (London, 1935), 1 : p. 144-145. Le troisième date de 1689 ; il est inclus dans AC, G1-466, p. 58-59, et fut publié, quoique avec quelques erreurs, dans Rameau de Saint-Père, *Une Colonie féodale en Amérique : l'Acadie, 1604-1881*, 2 vol. (Paris, 1881), 2 : p. 403. Un résumé des trois recensements est publié dans Clark, *Acadia*, p. 124. Pour juger des renseignements contenus dans ces recensements, il faut noter qu'ils n'incluent pas tous les habitants, même pas tous ceux d'origine européenne. Les recenseurs ne furent pas tous aussi honnêtes que le premier, le père Molin, qui nota en conclusion les noms de ceux qui avaient refusé de se faire recenser, tels un tailleur nommé Pierre Melanson. Ce dernier envoya son épouse pour dire qu'il refusait de révéler son âge, le nombre de bétail qu'il possédait, la superficie de ses terres cultivées, en affirmant que, de surcroît, le père Molin était fou de poser de telles questions. Néanmoins, tous les recenseurs rencontrèrent des réfractaires. Par ailleurs, ce travail fut entrepris par des individus pour qui ni les notions de calcul ni les divisions du temps n'avaient d'importance particulière. Enfin, chaque recenseur travaillait sans autre aide que sa propre mémoire. Par conséquent, les recensements ne sont pas tout à fait exacts. Cependant, les défauts sont le fait des omissions et non des erreurs des recenseurs.

32. James Cassidy a remarqué la prédilection américaine pour des recensements : entre 1623 et 1775, 124 recensements furent compilés dans 29 colonies, tous répondant à des exigences du gouvernement britannique. Voir Jim Potter, « Demographic Development and Family Structure », dans Greene et Pole (sous la direction de), *Colonial British America*, p. 134-135.

33. Les travaux généalogiques de Stephen White, qui étudie la période avant 1713 (à paraître au Centre d'études acadiennes), apporteront une aide précieuse aux analyses démographiques futures.

sept enfants, tandis que certaines familles en avaient 10 ou même 14[34]. Comme ce fut le cas dans une grande partie de la Nouvelle-Angleterre, le taux de mortalité infantile était peu élevé : au moins trois quarts des enfants atteignaient l'âge adulte. Ce taux de survivance était bien plus élevé qu'en Europe ou parmi la population amérindienne. De même, l'espérance de vie des Acadiens adultes était supérieure à celle de la plupart de leurs contemporains dans d'autres sociétés.

Ensuite, la colonie ne comptait qu'un seul établissement important, Port-Royal, où résidaient la plupart des recensés. Le recensement de 1686 réalisé par Perrot signale 583 habitants, répartis en 96 familles ; on compte 218 garçons et 177 filles de moins de 16 ans[35]. Les trois autres établissements recensés sont bien plus petits : Chedabouctou (20 habitants regroupés en cinq familles) ; les Mines (57 habitants en 10 familles) ; et Beaubassin (127 habitants répartis en 17 familles)[36]. Quelques habitants étaient éparpillés dans la région de La Hève (Mirligueche) et au cap Sable ; au nord de Beaubassin dans la région de la Miramichi ; à l'embouchure de la rivière Saint-Jean, et le long de la frontière actuelle entre le Nouveau-Brunswick et le Maine.

En moins de trois ans suivant ce recensement, le bassin des Mines devint, avec 164 habitants, le deuxième établissement après Port-Royal. Il est généralement admis que cette migration vers la région des Mines fut surtout le fait de jeunes habitants. Envoyé à Port-Royal en 1687 comme secrétaire de la colonie, Gargas semble confirmer cette hypothèse quand il déplore le fait que le gouverneur « permette aux jeunes fils des colons de partir s'installer ailleurs sur la côte où ils ne font que chasser et traiter avec les Autochtones[37] ». Notons cependant que, vue de plus près, l'expérience des Acadiens ne différait guère de celle de leurs voisins anglais. En

34. Gysa Hynes, « Some Aspects of the Demography of Port Royal, 1650-1755 », dans P.A. Buckner et David Frank (sous la direction de), *Atlantic Canada Before Confederation: The Acadiensis Reader*, 2 vol. (Fredericton, 1985), 1 : p. 11-25. Réimpression d'un article publié dans *Acadiensis* (automne 1973) : p. 3-17.
35. C'est une approximation : le recenseur note les totaux et indique les noms et les âges des garçons ; cependant, le texte ne fournit aucune précision au sujet des filles.
36. AC, G1-466, p. 14-57.
37. « Sojourn of Gargas in Acadia, 1687-1688 », dans William Inglis Morse, *Acadiensis Nova, 1598-1779* (London, 1935), p. 178.

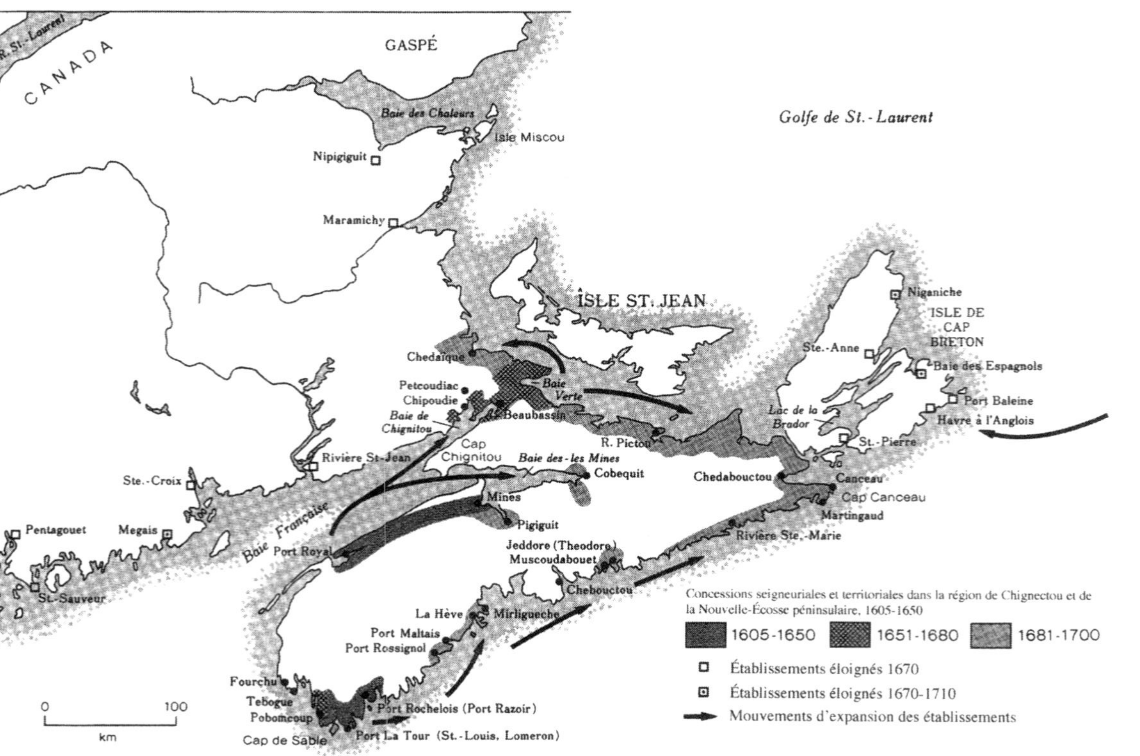

Expansion des établissements acadiens, 1605-1710.

effet, quelques études récentes portant sur les débuts des colonies de la Nouvelle-Angleterre et de la Virginie font état de la mobilité considérable des habitants de tous âges[38]. En outre, il est clair que de nouveaux établissements furent fondés surtout par des familles installées depuis assez longtemps à Port-Royal. Par exemple, Pierre Melanson, qui avait refusé de se faire recenser en 1671, fut la force motrice du nouvel établissement du bassin des Mines[39]. Le recensement de 1686 signale qu'il a 54 ans et qu'il est père de neuf enfants dont l'aîné a 20 ans, le dernier étant nouveau-né[40]. Ailleurs, les débuts de l'établissement de Beaubassin sont dus à Jacques Bourgeois et son épouse, dont la famille comptait 10 enfants. Établis depuis longtemps à Port-Royal, où ils possédaient 30 vaches, un troupeau de moutons et cinq arpents de terre défrichée, ils partirent aussi à la recherche d'une frontière nouvelle.

Le XXe siècle compte peu d'études comparant l'évolution de la société acadienne à celles de la vallée du Saint-Laurent ou de la Nouvelle-Angleterre[41]. Cette lacune s'explique sans doute en partie par le peu d'importance accordée à la colonie, mais provient aussi du manque de connaissances à l'égard de l'organisation de la propriété foncière en Acadie. En fait, il n'existe aucune étude complète des années 1654 à 1670, période à laquelle l'Acadie était sous le régime anglais. Et pourtant, ces 15 ans furent d'une importance primordiale dans son évolution. D'abord et surtout, il semble évident que le régime anglais mit fin à toute répartition des terres fondée sur la tradition seigneuriale[42]. Ensuite, non seulement les Anglais remirent en question les modalités existantes du fonctionnement de la colonie, mais ils introduisirent de nouveaux

38. Potter, « Demographic Development », dans Greene et Pole (sous la direction de), *Colonial British America*, p. 134.
39. À ce sujet, voir l'excellente étude de Brenda Dunn, *Les Acadiens des Mines* (Ottawa, 1985).
40. « Jacques de Meulles' Census », réimprimé en partie dans Beamish Murdoch, *A History of Nova Scotia or Acadie*, 3 vol. (Halifax, 1865), 1 : p. 170.
41. *Une Colonie féodale en Amérique*, (Paris, 1881), de Rameau de Saint-Père, étudie la signification du féodalisme et du système seigneurial pour l'Acadie. Son principal défaut vient d'une connaissance insuffisante du féodalisme. Par contre, sa recherche documentaire est d'une très grande qualité. Dans son ouvrage indispensable, *The Seigneurial System in Early Canada: A Geographical Study* (Madison, 1968), Cole Harris étudie surtout la vallée du Saint-Laurent.
42. Il existe des archives adéquates pour cette période. Voir surtout British Museum Additional Mss. 11411 ; Public Record Office, séries M-371 et M-381 ; et PANS, séries A-1 et A-2.

points de vue sur ces questions. La politique des administrateurs Crowne et Temple, gouvernant à partir de Boston, était fondée sur les traditions anglo-saxonnes du fermage et de la propriété foncière libre[43]. Même après le retour de la colonie à la France, les conditions étaient devenues telles que les seigneuries n'étaient plus que de simples titres de propriété, sans possibilité véritable de sous-inféodation[44]. Jusqu'à un certain point, ce fait était même reconnu par les partisans du système seigneurial. À partir de 1670, les concessions accordées aux propriétaires acadiens furent souvent accompagnées de la reconnaissance des droits des habitants déjà installés sans titre légal. Par exemple, à Beaubassin en 1676, lors de concessions faites à Leneuf de la Vallière, certaines clauses accordèrent des exemptions à l'égard de nouvelles redevances aux habitants déjà établis sur ces terres[45].

Nul doute que les rivalités complexes entre les explorateurs et les commerçants de l'Acadie – La Tour, d'Aulnay, Denys, Le Borgne[46] – firent obstacle à l'établissement d'un système seigneurial. Par ailleurs, les archives de l'époque témoignent de la confusion qui régnait dans le domaine de la propriété : en 1699, par exemple, le Sieur de Fontenu mena en vain une enquête pour identifier les propriétaires de certains titres et les conditions sous-jacentes[47]. Ce qui importe, c'est l'absence relative des contraintes imposées par un système hiérarchique. Sous le régime français, la propriété était organisée selon la tradition seigneuriale : la Couronne accordait une concession à un seigneur, qui à son tour en concédait des parcelles à des locataires selon des conditions précises comprenant des obligations de part et d'autre. Par exemple, il incombait au seigneur de fournir des installations communautaires telles que les moulins et les fours, et de se charger de l'organisation des habitants. Pour sa part, le locataire devait un loyer au seigneur, soit par son travail, soit en nature, soit en espèces, soit

43. Howard Russell, résumé dans Mark Lapping, *A Long Deep Furrow: Three Centuries of Farming in New England* (Hanover, New Hampshire, 1982) ; et John Weller, *History of the Farmstead* (London, 1982).

44. Au sujet de la territorialité et des attitudes des Européens d'Amérique du Nord à ce sujet, voir Robert David Sack, *Human Territoriality: Its Theory and History* (Cambridge, 1986), p. 127-168. Sur les seigneuries en Acadie, voir Clark, *Acadia*, p. 113-121.

45. Rameau de Saint-Père, *Une colonie féodale*, table 1, p. 168.

46. Ces disputes sont évoquées dans Elizabeth Jones, *Gentlemen and Jesuits: Quests for Glory and Adventure in the Early Days of New France* (Toronto, 1986).

47. Plusieurs de ces documents sont reproduits dans Placide Gaudet, « Les seigneuries de l'ancienne Acadie », *Bulletin des recherches historiques*, 33 (1927) : p. 343-347.

par une combinaison des trois. Cependant, la société acadienne était en réalité beaucoup moins hiérarchisée que le système seigneurial traditionnel. Il est vrai que même en Nouvelle-France ce système ne s'imposait pas de façon uniforme. Nul doute, cependant, que dans la vallée du Saint-Laurent on en avait retenu certaines particularités, allant de l'obligation commune de construire des routes jusqu'à la façon d'arpenter et de parcelliser les terres[48]. Par contre, en Acadie, le régime anglais et l'influence du Maine et du Massachusetts entraînèrent un modèle de l'établissement fort différent de celui du système seigneurial. Bien plus qu'une simple communauté d'habitants, la société acadienne était une collectivité de francs-tenanciers et de métayers, de pêcheurs et d'artisans.

En effet, l'évolution de l'Acadie ressemble à plusieurs égards à celle du nord de la Nouvelle-Angleterre, notamment en ce qui concerne l'organisation spatiale des communautés. À la différence de la majeure partie de la France et de l'Angleterre, le paysage acadien « portait les traces de la société dispersée, organisée de façon extensive plutôt qu'intensive[49] ». À la différence du village nucléaire construit autour d'une place et d'une église, et entouré de champs et de terrains communaux – forme d'agglomération commune en Angleterre et assez répandue dans l'ouest de la France – le schéma nord-américain du XVIIe siècle était

> des fermes isolées, souvent dispersées au départ mais se fondant peu à peu en villages et quartiers en apparence peu structurés. Dans la plupart des cas, ces fermes individuelles étaient séparées par des champs contigus[50].

Cette description s'applique non seulement à Beaubassin et aux Mines, mais à Port-Royal. En 1686, Perrot avait déploré le fait que les habitants de Port-Royal s'étaient éparpillés « tres esloigne les un les autres » ; d'après lui, leur but principal était d'éviter les moindres contraintes minimales imposées par la vie collective et de « s'entretenir plus facilement dans la debauche avec les sauvaggesses[51] ».

Cette dernière remarque souligne une réalité trop souvent négligée par l'historiographie : le rôle crucial des peuples autochtones,

---

48. Voir Harris, *The Seigneurial System*, p. 106-107.
49. James Lemon, « Spatial Order: Households in Local Communities and Regions », dans Green et Pole (sous la direction de), *Colonial British America*, p. 86.
50. *Ibid.*, p. 90.
51. « Relation de l'Acadie », Perrot, 9 août 1686, AC, C-11, D2, 1.

Micmacs et Malécites, dans la vie des établissements européens. Nous savons aujourd'hui que les termes employés autrefois pour décrire la rencontre des Européens et des Autochtones furent souvent peu adéquats, voire trompeurs. Par exemple, il convient mal de parler de la découverte de l'Amérique sans reconnaître l'importance de celle que les Autochtones ont faite de l'Europe[52]. On sait maintenant que, bien avant l'arrivée des Européens, les peuples des Amériques possédaient leur propre histoire complexe, leurs religions et cultures développées[53]. Cependant, même cette reconnaissance de la réalité amérindienne ne suffit pas à rendre compte des rapports entre « autochtone et nouvel arrivant », pour citer l'expression de Bruce Trigger.

En 1937, A.G. Bailey publia *The Conflict of European and Eastern Algonkian Cultures, 1504-1700*, ouvrage pionnier qui souligna l'accueil chaleureux fait par les Autochtones aux premiers colons. Depuis, on ne peut plus nier l'importance des Micmacs dans l'environnement acadien[54]. Cependant, dans d'autres travaux, sans doute influencés par la partialité des rapports officiels du XVIIe siècle, tels que celui de Perrot rédigé en 1686, la coopération qui rapprochait les colons et les Micmacs a été passée sous silence. On en sait trop peu ; c'est avec justesse que Clark constata en 1968 que « l'étude de l'assimilation des Micmacs par la société acadienne reste à faire » ; 20 ans plus tard, son observation demeure valable[55].

Nous en savons encore moins sur l'intégration des Acadiens au sein des Micmacs. Dans son article « The White Indians of Colonial America », James Axtell étudie l'assimilation d'un grand

---

52. C'est dans *The Great Frontier* de Walter Prescott Webb, publié en 1952, que l'on reconnaît pour la première fois que les Amériques ne sont pas une création européenne. Depuis, on essaie tant bien que mal de tempérer les interprétations eurocentriques des migrations atlantiques.
53. Les travaux d'ethnohistoriens tels que James Axtell et Bruce Trigger présentent le passé de façon à démontrer l'humanité des Amérindiens. Il existe aussi des études méticuleuses telles que l'ouvrage de D. Crosby, *The Columbia Exchange: Biological and Cultural Consequences of 1492* (Greenwich, Connecticut, 1972). Une synthèse de ces courants de pensée se trouve dans D.W. Meinig, *The Shaping of America: A Geographical Perspective on 500 Years of History: Atlantic America, 1492-1800* (New Haven, 1986).
54. A.G. Bailey, *The Conflict of European and Eastern Algonkian Cultures, 1504-1700*, 2e éd. (Toronto, 1969). Voir surtout p. 8-21.
55. Clark, *Acadia*, p. 128.

nombre d'Européens par les peuples amérindiens, mais ses travaux n'ont pas encore inspiré d'étude comparable sur les Acadiens et les Micmacs[56]. Pourtant, il semble fort probable que, pour compenser la dévastation démographique qui les avait frappés, ces derniers aient recruté parmi les nouveaux venus. Il ne fait pas de doute qu'au XVIIe siècle le taux de mortalité parmi les Autochtones, quoique moins élevé qu'au siècle précédent, ne cessa de les préoccuper[57]. Il est tout aussi évident que la situation exigeait une grande ouverture à l'égard de solutions éventuelles. Comme le fait remarquer Axtell, au moment où l'individu endurait « le désespoir psychologique né de la destruction des parents et amis[58] », la communauté vivait sous la menace de sa propre désintégration[59]. Selon Axtell,

> La perte de membres de la famille déchirait le tissu de la parenté qui modelait l'identité des Autochtones tout autant que la langue et le lieu de résidence. On perdait surtout des vieillards qui, avec les enfants, étaient les moins résistants ; les aînés qui occupaient une position importante dans cette société emportaient avec eux le savoir-faire technique et la mémoire collective. La succession politique [était en] [...] désarroi. Le modèle de l'établissement était brisé. Mais plus important encore, leur religion, leur cosmologie et leur moral social ébranlés par le sort incompréhensible qui les avait atteints, les Autochtones, étaient amenés à chercher le secours matériel et spirituel auprès des nouveaux venus[60].

Cette situation déplorable explique le recrutement d'étrangers, particulièrement ceux qui étaient en bonne santé et qui venaient de la puissante nouvelle communauté européenne.

Du point de vue de l'Européen, la vie parmi les Micmacs présentait plusieurs avantages : tout d'abord, la beauté physique des Autochtones ; ensuite, la solidarité d'une société où l'affection s'exprimait ouvertement ; enfin, un mode de vie qui favorisait la mobilité et l'aventure. Pour étudier la vie familiale acadienne, il semble donc indispensable de tenir compte du respect mutuel

56. « The White Indians of Colonial America », dans James Axtell, *The European and the Indian*, chap. 7.
57. Martin, *Keepers of the Game*, p. 43-51.
58. Axtell, « The English Impact on Indian Culture », dans *The European and the Indian*, p. 250.
59. Bailey *(The Conflict)* est convaincu que tel fut le cas.
60. Axtell, « The English Impact », dans *The European and the Indian*.

motivant les rapports entre Acadiens et Micmacs. De même, l'hypothèse de l'intégration acadienne dans une communauté plus étendue et plus ouverte pourrait aider à comprendre les rapports des contemporains et l'influence sur les mœurs sexuelles des Acadiens. L'entente qui se forgea entre les deux peuples au cours des 70 années subséquentes s'explique mieux à la lumière des liens familiaux étroits qui les unissaient. Enfin, il faut reconnaître que les condamnations de la débauche et la licence des Autochtones proviennent de témoins dont les croyances niaient toute moralité sexuelle non-chrétienne. Bon nombre d'Européens refusaient d'admettre la possibilité d'engagement personnel et de stabilité familiale hors de l'Église. La plupart des visiteurs européens en Acadie refusaient de reconnaître la cérémonie du mariage micmac, la célébration publique de l'intention matrimoniale. Quoi qu'il en soit, on peut affirmer avec certitude que l'apport micmac à la survie des Acadiens fut des plus importants.

Même si des recherches futures réfutent cette hypothèse de la parenté entre les sociétés acadienne et micmac, il est clair qu'à la fin du XVIIe siècle, les Autochtones exerçaient une influence considérable, tant économique que culturelle, sur les Acadiens. Peu d'études ont été consacrées au rôle de la traite des pelleteries à Port-Royal et dans les établissements plus isolés ; par ailleurs, le rôle des Micmacs dans ce domaine est peu connu. Clark se borne à noter que ce commerce perdit de son importance à partir du milieu du siècle, mais que néanmoins il « fournit des cargaisons à la France jusqu'à l'arrivée au pouvoir des Anglais[61] ». D'autres contacts économiques méritent d'être mentionnés. Par exemple, dans son rapport de l'année 1687-1688, le géomètre Gargas se plaignit, entre autres, des prix trop bas payés par Robineau de Villebon pour les peaux que lui apportaient les colons[62]. Ce commerce étant un des seuls moyens de faire entrer de l'argent dans la communauté, il est d'autant plus important d'en comprendre la signification. Par ailleurs, comme le souligne John Reid, le commerce fit des Acadiens tout le contraire d'une paysannerie isolée. Qu'il s'agît d'activités légales ou de contrebande, les Acadiens rencontrèrent des voyageurs venus de Louisbourg et de Boston, et même des îles Caraïbes.

61. Clark, *Acadia*, p. 181.
62. « Sojourn of Gargas in Acadie, 1687-1688, » dans Morse, *Acadiensis Nova*, 1 : p. 176.

La pêche et l'agriculture constituaient la base de l'économie acadienne. Mais quel était le niveau de vie assuré par ces activités ? À l'époque, les fonctionnaires français critiquaient fortement le peu de rigueur des pratiques agricoles ; cependant, les recensements témoignent d'une population bien nourrie[63]. Lors de sa visite pastorale en 1686, Saint-Vallier, évêque de Québec, émit un avis partagé quant à la prospérité de Beaubassin. D'une part, il remarqua que les colons avaient récupéré le bétail abandonné sur l'île de Sable presque 50 ans plus tôt par Razilly, et qu'à partir de ce bétail ils étaient en train d'établir des troupeaux importants. Il nota également l'importance de la pêche et précisa qu'on cultivait le blé. Il jugea toutefois que les Acadiens étaient mal habillés et nota que la communauté produisait à peine assez de tissu pour se vêtir convenablement[64].

À la différence de l'évêque, Gargas déplora l'état général de tous les établissements, et affirma que la population comptait à peine trois personnes capables de fabriquer un filet de pêche. Quant à Beaubassin, il affirma que l'endroit n'était réputé que pour ses « nombreux brouillards ». Un autre témoin, Jacques de Meulles, déclara par contre que Beaubassin était en plein essor : d'après lui, les habitants étaient logés convenablement, chaque famille possédait un troupeau adéquat, avec une vingtaine de cochons et le même nombre de moutons. En outre, le filage et le tissage suffisaient à vêtir les familles[65]. Sur l'état général de Port-Royal, les trois témoins exprimèrent des avis moins contradictoires : moyennant une administration efficace et des dépenses adéquates, leur pronostic fut très favorable.

Au fond, il s'agit de la qualité de la vie et de l'écart entre une existence marginale et celle de communautés capables de subvenir à leurs besoins sans famine ni pénurie[66]. À la fin des années

---

63. Sur cette question et celle des rapports entre le régime alimentaire et le taux de fertilité, voir Hynes, « Some Aspects of the Demography, » dans Buckner et Frank, *Atlantic Canada Before Confederation.*
64. « Voyages de Saint-Vallier », dans H. Têtu et C.O. Gagnon (sous la direction de), *Mandements, lettres pastorales et circulaires des évêques de Québec,* 2 vol. (1887), 1 : p. 217.
65. « Relation du voyage de Mr De Meulles a l'acadie, 1685-1686 », dans Morse, *Acadiensis Nova,* 1 : p. 103, ss.
66. La différence entre l'agriculture de subsistance et l'agriculture autarcique est expliquée dans Russell, *A Long, Deep Furrow,* p. 58 ss. Voir aussi Peter Benes (sous la direction de), *The Farm* (Boston, 1988).

1680, l'Acadie avait pris racine. Sans être une lutte acharnée, la vie était rude. Cependant, les colons disposaient d'un ensemble complexe de ressources qui, assurant la base matérielle nécessaire, permettait de vivre de manière autonome. En outre, les plaintes incessantes des Français au sujet de l'influence des marchands de Boston ne fait que souligner l'importance du commerce qui fournissait les articles en métal, les fusils et les munitions dont la colonie avait besoin.

On a peu étudié la structure de la société acadienne de la fin des années 1680. L'économie exigeait des efforts continus. Les établissements subvenaient à leurs propres besoins au moyen de l'agriculture, de la chasse, de la pêche, du jardinage et du commerce de différents types. Ainsi avait évolué une société dont les membres connaissaient une certaine mobilité en dépit des différences économiques. Malgré le peu d'écart entre riches et pauvres, les témoins de l'époque notent des variations considérables quant au nombre de bétail, à la superficie des terres défrichées, et à l'importance des troupeaux. Les réseaux complexes de la parenté atténuaient les divisions économiques, sans toutefois effacer les hiérarchies sociales internes. De toute évidence, pour l'appliquer à une population dont la vie quotidienne englobait l'agriculture, la pêche et la chasse, il faut nuancer la définition de la classe paysanne proposée par Allan Greer dans son ouvrage pionnier sur le Québec[67]. Selon ce dernier, l'existence paysanne est basée sur une agriculture de peu d'envergure, pratiquée au moyen d'une technologie rudimentaire et d'une main-d'œuvre exclusivement familiale. De plus, même si les paysans subviennent à leurs besoins, ils sont rarement propriétaires ; c'est une classe plus priviligiée qui s'approprie une part de leur production[68]. On ne saurait nier l'importance de l'agriculture en Acadie ; cependant, ce n'était pas la base unique de l'économie. De surcroît, elle exigeait aux Mines et à Beaubassin une participation dépassant la cellule familiale.

Comme le titre du présent chapitre le suggère, c'est aux cours des années 1680 que la colonie acadienne fut établie, quoiqu'il

67. Allan Greer, *Peasant, Lord and Merchant: Rural Society in Three Quebec Parishes, 1740-1840* (Toronto, 1985).

68. *Ibid.*, p. xi.

lui manquât encore une identité distincte. Cependant, en prenant racine, les Acadiens en avaient jeté les bases. À la fin des années 1680 la population se régénérait ; à partir de 1686 vinrent s'y ajouter des immigrés dont on a jusqu'à présent sous-estimé le nombre. Déjà se manifestaient les composantes d'une identité communautaire unique.

Un certain nombre de questions demeurent sans réponse. D'abord, nous savons à la fois beaucoup et trop peu sur la vie familiale et domestique acadienne. Les études généalogiques ont éclairé les origines de familles individuelles, mais il reste à expliciter les rapports familiaux et la relation entre la cellule familiale et la maisonnée. Il est généralement admis que la société acadienne d'avant la Déportation se prête difficilement à une analyse marxiste ; cependant, il faut étudier la répartition des biens et des terres de façon à éclairer les rapports de classe entre les Leblanc, les Melanson et les Gaudet, par exemple. Par ailleurs, comment définir le milieu physique de la famille ? Qu'est-ce qu'une maisonnée acadienne ? Quel est le rapport entre la vie de l'individu et celle de la famille ? Tout ce que nous pouvons affirmer, c'est que les établissements acadiens de 1686 étaient fondés sur la cellule familiale et que la proportion d'hommes et de femmes était égale.

Ensuite se pose la question de l'héritage acadien. D'où venaient ces colonisateurs ? Quand et comment arrivèrent-ils ? Les travaux de Geneviève Massignon fournissent des réponses partielles[69] ; cependant, faute d'études approfondissant celles de Massignon, on sous-estime souvent la diversité des origines européennes. L'immense variété de coutumes et de langues de la France du XVIIe siècle est demeurée trop souvent ignorée. Dans le contexte européen, la France a toujours été un grand pays, au moins deux fois plus grand que l'Angleterre. Au XVIIe siècle la population était relativement nombreuse : entre 17 millions et 20 millions d'habitants, alors que les îles britanniques n'en comptaient que 5 millions. En outre, la société française de l'époque était beaucoup plus fragmentée que celle de l'Angleterre : de Henri IV à Louis XIV, de Sully à Mazarin, la lutte pour l'unité se poursuivait sans relâche. De Normandie, pays de la crème, du beurre et du cidre, à Marseilles, région de l'ail, du vin rouge et de l'olive, du sol calcaire

69. Geneviève Massignon, *Les Parlers français d'Acadie* (Paris, 1962).

de Champagne aux versants des Pyrénées, le pays était un kaléidoscope de coutumes, de traditions et de dialectes qui étaient en fait des langues distinctes. Chaque région de France avait établi ses propres rapports avec la Couronne et les structures de l'état. Qu'il s'agît des termes du contrat signé par la Bretagne en 1491 lors de son rattachement à la France ou des vieilles coutumes de l'Île-de-France, des régimes très variés étaient reconnus. En Champagne, par exemple, les états provinciaux, dominés par les propriétaires terriens, se réunissaient trois fois l'an. Par contre, ceux de la Gironde, qui reflétaient surtout l'influence paysanne, ne se réunissaient presque jamais. En effet, comme le prétendait Voltaire, on changeait de régime juridique en France comme on changeait de cheval. C'est ainsi qu'à l'égard de l'autorité, le point de vue des Leblanc, venus du Poitou, était fort différent de celui des Roy arrivés de Saint-Malo, où les coutumes bretonnes étaient la norme. D'origine basque, les Bastarache envisageaient les droits des propriétaires sous un autre angle que les Arsenault de Rochefort, cette ville marécageuse connue surtout pour ses fièvres et sa barbarie[70].

Les fouilles archéologiques d'Alaric et Gretchen Faulkner à Pentagouet dans le Maine ont mis à jour de nombreux éléments de culture matérielle apportés par les colonisateurs en même temps qu'une cosmologie européenne traditionnelle[71]. Les outils – haches, fusils, charrues et bêches – ne sont cependant qu'une partie de cette culture. Les habitudes vestimentaires, les techniques de cuisine, la façon de travailler le bois et de tisser des filets, et même le tricot – qui n'en était qu'à ses débuts en Angleterre et en France au XVIIe siècle –, toutes ces activités, exécutées de diverses manières et à différents degrés, composaient le répertoire immigré. D'ailleurs, la publication des résultats des fouilles effectuées au site du marais de Bellisle dans le sud-ouest de la Nouvelle-Écosse permettra bientôt d'approfondir nos connaissances de cette dimension de la vie acadienne.

Les traditions sociales étaient tout aussi diverses. Par exemple, en Bretagne, les femmes devaient réparer les filets de pêche et

70. Eugen Weber, *La fin des terroirs : la modernisation de la France rurale, 1870-1914* (Paris, 1983), p. 18.

71. *The French at Pentagoet 1635-1674: An Archaeological Portrait of the Acadian Frontier*, Occasional Publications in Maine Archaeology / Special Publications of the New Brunswick Museum (Saint-Jean, 1987), en particulier p. 267 ss.

aider aux huîtrières, tandis que dans le Béarn et les régions limitrophes du pays basque, elles s'occupaient des jardins et du ménage pendant que les hommes emmenaient les troupeaux à Bordeaux. En outre, le statut juridique et les droits d'héritage des femmes et des filles différaient selon la région. Les exigences des autorités religieuses jouaient aussi un rôle important en s'imposant différemment selon qu'une région était catholique ou huguenote, pratiquante ou non[72]. En somme, il faut tenir compte de l'immense variété de l'héritage français qui marqua les débuts de l'expérience coloniale en Amérique du Nord. Par ailleurs, il faut examiner la façon dont ces traditions diverses furent tissées ensemble par les liens de parenté. Comme nous l'avons déjà suggéré, le recrutement des colons se faisait au hasard par une même autorité, sans l'imposition de normes politiques ou sociales prédéterminées. C'est du pays de la Loire, d'Écosse, du Poitou et des communautés micmacs que sont venus les fondateurs de l'Acadie. Il reste à découvrir comment les chefs de cette société, d'origines diverses, accédèrent aux postes de responsabilité dans la colonie.

De toute évidence, la connaissance du passé est fondée en premier lieu sur l'étude d'une collectivité ; cependant, ce sont les biographies individuelles qui permettent d'en connaître les caractéristiques. En fait, le tissu de structures familiales, économiques et politiques n'a d'importance que par ses rapports avec l'individu. À défaut de biographies, il est toutefois possible d'élaborer une approche méthodologique à la lumière d'un certain nombre de renseignements sur des Acadiens dotés d'esprit d'entreprise et d'indépendance. Par exemple, les documents des années 1680 enregistrent des disputes au sujet des droits des colons[73]. L'image d'une paysannerie unie et paisible est ainsi corrigée par la réalité de la politique rurale traditionnelle dans une société préoccupée surtout par la propriété et le prestige. Ces documents témoignent aussi d'une autre caractéristique des Acadiens : la tendance à la contestation. Gargas souligne ce trait dans un rapport sur son différend avec Bourg au sujet d'un canot : selon lui, son adversaire était

72. Pour de plus amples renseignements sur ces questions épineuses, voir A. Armegaud, *La famille et l'enfant en France et en Angleterre du XVIe au XVIIIe siècle – aspects démographiques* (Paris, 1975).

73. De Meulles rapporte les arbitrages qu'il a effectués et les arrêtés qu'il a édictés afin d'assurer la paix civile. Morse, *Acadiensis Nova*, 1 : p. 104 ss.

« un des Acadiens les plus rebelles et les plus indépendants [...] qui possède plus de relations que presque tous les autres habitants de Port-Royal[74] ».

Jusqu'à présent, l'histoire intellectuelle des Acadiens des années 1680, et les éléments de leur univers culturel, ont attiré peu d'attention. Les institutions civiles et religieuses venaient à peine d'être établies de façon permanente. Les rapports entre l'Église et les autorités civiles n'avaient pas encore été définis, et les effets de la *révocation de l'édit de Nantes* commençaient à peine à se faire sentir. En 1686, de Meulles remarqua que les équipages de plusieurs vaisseaux amarrés à Canso comprenaient surtout des Huguenots récemment convertis, et qu'il « demeura trois jours pour promulguer plusieurs ordonnances et pour corriger les abus commis par ces convertis[75] ». Il est vrai que les établissements firent un accueil chaleureux à l'évêque Saint-Vallier, et que des églises en bois furent construites. Néanmoins, la place du catholicisme dans la vie acadienne est encore mal connue et l'idée que nous nous en faisons est beaucoup trop influencée par les chefs acadiens du XIXe siècle, dont les croyances faussaient les réalités du passé. Nous ne savons guère plus sur la vie politique de l'époque, sur l'efficacité des fonctionnaires français ou sur les ressemblances entre les structures judiciaires acadiennes et françaises.

De même, les études de la vie artistique n'en sont encore qu'à leurs débuts ; nous savons seulement que les Acadiens avaient apporté avec eux leur héritage musical et leurs contes populaires[76]. Quant à la culture matérielle, nos connaissances demeurent encore assez rudimentaires. Nous savons, par exemple, que les Acadiens adaptèrent des techniques européennes à des réalités nouvelles et qu'ils adoptèrent en même temps certains éléments de la culture micmac : les barrages et les canots, entre autres. Par ailleurs, des fouilles archéologiques telles que celles de Bellisle, ajoutées aux travaux pionniers de Jean-Claude Dupont[77], nous renseignent sur les maisons acadiennes, leurs dimensions et

74. « Sojourn of Gargas in Acadia, 1667-1668 », dans Morse, *Acadiensis Nova*, 1 : p. 168-169.
75. *Ibid.*, « Relation du Voyage de Mr De Meulles a l'acadie », 1 : p. 117.
76. Voir Antonine Maillet, *Rabelais et les traditions populaires en Acadie* (Laval, 1971) et Catherine Jolicœur, *Les plus belles légendes acadiennes* (Stanké, 1981).
77. Jean-Claude Dupont, *Héritage d'Acadie* (Leméac, 1977).

leur architecture, l'ameublement et les rapports entre les maisons et les dépendances. Cependant, la synthèse détaillée des découvertes récentes reste à faire.

En 1690, l'Acadie s'était donc déjà définie comme une société différente de toutes les autres colonies européennes de l'Amérique du Nord. Deux générations plus tard, une identité acadienne était solidement établie, dont le caractère distinct devait s'affirmer de façon décisive.

CHAPITRE II

Les années 1730 : vers une identité collective

À la fin du XVIIe siècle, l'Acadie n'était qu'une colonie connue sous le nom de « l'Acadie ou la Nouvelle-Écosse ». Une génération plus tard, la colonie était devenue un peuple. Pour faire état de cette transformation, il faut noter que toute élaboration d'une identité communautaire dépend autant de variables démographiques et économiques que de l'évolution de facteurs sociaux, culturels et politiques. Il faut surtout que la collectivité soit persuadée de son caractère distinct. Sinon, son organisation sociale, sa façon de loger et de nourrir ses membres, et d'éduquer la génération suivante importe peu. À partir de la fin du siècle, les traits particuliers de la société acadienne se dessinaient déjà dans les coutumes sociales, les croyances religieuses, les habitudes politiques, les pratiques économiques et les traditions artistiques. Toutefois, ce n'est qu'au cours des années 1730 que la colonie devait se transformer.

En 1700 la colonie se maintenait tant sur le plan démographique qu'économique. On accueillait encore des immigrés, mais la croissance de la population était due surtout aux descendants de ceux déjà établis. Le taux de fertilité était proche des taux français les plus élevés de l'époque[1]. Le commerce assurait l'approvisionnement en armes et en outils. Cependant, l'interruption du trafic en provenance de l'Europe ou de Boston ne signifiait plus la destitution inévitable des petits villages des Mines et des

1. Gysa Hynes, « Some Aspects of the Demography of Port Royal, 1650-1755 », *Acadiensis*, 3 (1973) : p. 14, note 48.

établissements grandissants de Beaubassin. La pénurie que pouvaient entraîner de telles situations avait peu d'effet sur le taux de fertilité. Somme toute, c'est par la vie politique, la rapidité de la croissance démographique et une complexité sociale et culturelle accrue que l'Acadie de 1730 diffère de celle de 1700.

Pour les Acadiens, ces années furent marquées par deux événements d'importance primordiale : d'abord, la chute de Port-Royal en 1710, devant une armée venue de Nouvelle-Angleterre, et ensuite la confirmation de cette victoire dans les termes du *traité d'Utrecht* de 1713[2]. Ce traité mit fin à la suite désordonnée de conflits et de guerres qui avaient opposé la France et l'Angleterre depuis 1689. À la différence du *traité de Ryswick* de 1697, qui n'apporta qu'une trêve, le *traité d'Utrecht* assura la paix pendant une génération[3]. Selon ses provisions, la France conservait une partie importante de son pouvoir en Europe, en échange d'une diminution de son autorité en Amérique du Nord[4]. La France restait maîtresse du Saint-Laurent, de l'île Royale, de l'île Saint-Jean (aujourd'hui l'Île-du-Prince-Édouard) et de certaines autres îles du golfe du Saint-Laurent. Par contre, elle céda à l'Angleterre tout droit sur Terre-Neuve, à l'exception de certains droits de pêche, et sur la baie d'Hudson. De plus, le traité précisa que

> Le Roi Très-chrétien fera remettre à la Reine de la Grande-Bretagne [...] des lettres & actes authentiques qui feront foi de la cession faite à perpétuité à la Reine & à la Couronne de la Grande-Bretagne [...] de la nouvelle Écosse, autrement dite Acadie, en son entier, conformément à ses anciennes limites : comme aussi de la ville de Port-royal, maintenant appelée Annapolis-royale, & généralement de tout ce qui dépend desdites terres & isles de ce pays-là, avec la souveraineté, propriété, possession & tous droits acquis par Traités ou autre-

2. George Rawlyk, *Nova Scotia's Massachusetts: A Study of Massachusetts-Nova Scotia Relations, 1630 to 1784* (Montréal, 1978), p. 116-123.
3. Pour de plus amples renseignements sur les relations internationales de l'époque, voir I.K. Steele, *Guerillas and Grenadiers: The Struggle for Canada* (Toronto, 1969). Pour plus de détails sur l'Acadie et la Nouvelle-Écosse voir Rawlyk, *Nova Scotia's Massachusetts.*
4. Utrecht, circulaire : « Commissaires du Commerce à Nicholson, avec proclamation de la paix et copie du *traité d'Utrecht*, Whitehall, le 8 mai 1713 ». Les clauses pertinentes au Canada sont reproduites entre autres dans Gustave Lanctot, *Histoire du Canada*, 3 vol., tome 3 : *Du traité d'Utrecht au traité de Paris, 1713-1763* (Montréal, Beauchemin, 1964), p. 215-217 ; et B. Murdoch, *A History of Nova Scotia or Acadia*, 3 vol. (Halifax, 1865), 1 : p. 332.

> ment, que le Roi Très-chrétien, la Couronne de France ou ses sujets quelconques ont eus jusqu'à présent sur lesdites isles, terres, lieux & leurs habitans [...]

D'autres clauses du traité reconnaissaient certains droits aux Acadiens. Ils étaient libres de « se retirer ailleurs dans l'espace d'un an avec tous leurs effets mobiliers qu'ils pourront transporter où il leur plaira ». S'ils décidaient de rester en Acadie, ils devenaient sujets du royaume de Grande-Bretagne et la liberté religieuse leur était garantie, « en tant que le permettent les loix de la Grande-Bretagne ». Ces dispositions étaient explicitées davantage dans une lettre royale envoyée le 23 juin 1713[5], à Francis Nicholson qui avait été nommé gouverneur de la colonie en 1712. Ce dernier devait permettre aux Acadiens demeurant sujets de la couronne « de garder leurs terres et bâtiments et d'en jouir sans entrave, dans la même mesure que nos autres sujets, ou d'être proporiétaires de leurs terres, ou de les vendre s'ils se retirent ailleurs[6] ».

Par la suite, bon nombre de ces dispositions devaient compliquer la situation de tous les interessés, en grande partie à cause de l'eurocentrisme du traité. Comme le fait remarquer K.G. Davies, « les avantages acquis à l'Angleterre par le *traité d'Utrecht* sont parfois utilisés pour prouver l'importance de l'Amérique dans la diplomatie européenne en 1713 ; cependant, on pourrait les employer pour montrer exactement le contraire[7] ». Jusqu'à un certain point, les clauses ayant trait à l'Amérique du Nord tenaient compte des besoins de la Nouvelle-Angleterre et de la Nouvelle-France, mais dans l'ensemble, celles-ci avaient d'autres priorités. Plus tard, des clauses qui ne paraissaient apporter que des modifications mineures des sphères d'influence, devaient néanmoins s'avérer décisives pour l'équilibre des forces sur le continent nord-américain.

« L'Acadie ou la Nouvelle-Écosse » est un exemple typique des effets du traité. Du point de vue européen, sa situation n'était guère changée : en devenant anglaise, l'Acadie française ne demeurait pas moins un territoire sous-peuplé délimité par des frontières

---

5. Cette lettre est reproduite dans Murdoch, *History of Nova Scotia*, p. 333.
6. Commission, le 20 octobre, ANC, NSE, 7, n° 3.
7. K.G. Davies, *The North Atlantic World in the Seventeenth Century* (Minneapolis, 1974), p. 308.

contestées. Cependant, vu par les Acadiens, ce changement était crucial, car au lieu d'évoluer à la périphérie de la sphère d'influence française, la colonie était désormais une possession frontalière de l'empire britannique. Un accord international avait transformé en sujets de la Couronne britannique les Acadiens demeurant sur les terres qu'ils avaient eux-mêmes colonisées. En même temps, cet accord assurait la proximité continue des anciennes autorités politiques françaises.

En effet, le pouvoir français n'était après tout que réduit. La France et les colonisateurs d'origine française demeuraient une force majeure en Amérique du Nord. La France « continuait de contrôler les deux grands fleuves (le Saint-Laurent et le Mississippi) qui étaient les portes d'entrée du continent[8] ». Selon l'historien canadien-français Gustave Lanctot, le Canada sortit de la guerre « [gardant] intact son territoire essentiel du golfe [Saint-Laurent] aux Grands Lacs [...] avec une économie assainie qui se double d'un moral optimiste et confiant[9] ». Quant aux Acadiens, cette situation signifiait la proximité continue des Français, dont le pouvoir légitime s'exerçait non loin de leurs principaux établissements. D'ailleurs, l'autorité française ne tarda pas à se manifester de nouveau dans le développement de l'île Royale (Cap-Breton) et la fondation de Louisbourg en 1720.

Néanmoins, les Anglais étaient les maîtres incontestés de la colonie, s'efforçant à la fois de transformer la Nouvelle-Écosse en avant-poste d'empire et d'obliger les Acadiens à respecter le traité. Fallait-il les traiter en peuple conquis ou en éventuels sujets britanniques ? Les Anglais hésitèrent, s'attendant à un exode acadien vers les territoires français[10]. Cependant, tel ne fut pas le cas : les Acadiens, s'estimant en droit de rester sur leurs terres, refusèrent de se laisser manœuvrer selon les exigences d'un lointain empire. Nombreux furent les Acadiens adultes (ceux qui avaient

8. L.H. Gipson, *The British Empire Before the American Revolution*, 14 vol., tome 5 : *Zones of International Friction: The Great Lakes Frontier, Canada, the West Indies, India, 1748-1754* (New York, 1942), p. 80.

9. Lanctot, *Histoire du Canada*, 2 : p. 307.

10. Cette question est importante. Voir N.E.S. Griffiths : « Les Acadiens », *DBC*, 4 : p. xvii-xxxiii. Pour des analyses plus détaillées, voir J.B. Brebner, *New England's Outpost* (New York, 1927), p. 65-69, et Antoine Bernard, *Le Drame acadien depuis 1604* (Montréal, 1936), p. 250 ss. Voir aussi Bernard Pothier, « Acadian Settlement on île Royale 1713-1734 », thèse de maîtrise, Université d'Ottawa, 1967.

plus de cinq ans en 1690) qui n'éprouvèrent aucune difficulté à s'adapter au nouveau régime, ayant déjà une certaine expérience de l'autorité anglaise. Quant aux Anglais, ils ne tardèrent pas à constater l'accroissement continue de la population acadienne, dont les aînés tenaient à avoir voix au chapitre de l'administration de la colonie.

Pour évaluer la politique anglaise à l'égard des Acadiens, il faut tenir compte de la situation de la Grande-Bretagne au début du XVIIIe siècle. Deux facteurs sont d'importance primordiale : l'attitude envers l'Église catholique et la priorité accordée à l'élaboration d'une politique coloniale[11]. Sans analyser en détail la complexité de la société anglaise, il suffit de faire quelques observations. En 1713, l'année du *traité d'Utrecht*, l'Angleterre était en quelque sorte une puissance impériale depuis deux siècles déjà. Plus centralisée que la France des XVIIe et XVIIIe siècles, ce n'était pourtant pas l'état unifié d'aujourd'hui. Quelle que fût son autorité sur le pays de Galles (l'union entre les deux pays datait de 1536), les Gallois continuaient de parler une langue étrangère. De plus, leurs traditions sociales différaient de celles de l'Angleterre et leurs croyances religieuses commençaient à diverger considérablement. En effet, en moins d'une génération, le méthodisme devait réunir ses assemblées les plus fidèles dans les vallées minières et les collines du pays. D'autre part, même si l'Écosse avait accepté l'union avec l'Angleterre en 1707, son économie, ses structures sociales et bon nombre de ses traditions politiques étaient néanmoins demeurées distinctes. La différence était moins marquée que celle qui séparait l'Angleterre et le pays de Galles ; cependant, le gaélique se parlait encore dans une grande partie du nord du pays. Fait plus important, la religion des Écossais différait de celle de l'Angleterre : chose certaine, les Presbytériens écossais ne ressemblaient guère aux Anglicans.

Enfin, il faut évoquer l'Irlande, première expérience coloniale et de l'Angleterre et de l'Écosse. La domination anglaise, instaurée

---

11. Voir en particulier W.A. Speck, « Stability and Strife: England, 1714-1760 » (Cambridge, thèse de maîtrise, 1977) ; James L. Clifford, *Man Versus Society in Eighteenth-Century Britain: Six Points of View* (Cambridge, 1968). L.H. Gipson, *The British Isles and the American Colonies: Great Britain and Ireland, 1748-1754* (New York, 1958), fournit une interprétation plus ancienne, visant à faire comprendre l'Angleterre dans le contexte de sa politique impériale du XVIIIe siècle.

beaucoup plus tôt, fut en fait renforcée par le régime de Cromwell au XVIIe siècle et les massacres de Wexford et de Drogheda pendant la guerre civile. La première vague d'immigration écossaise commença au début du XVIIe siècle, suivie à la fin du siècle par un afflux de Presbytériens. Au début du XVIIIe siècle, l'Irlande était un pays pauvre et fragmenté ; la majorité de la population était catholique et beaucoup parlaient encore gaélique. Cependant, le pouvoir demeurait entre les mains de l'Angleterre, puissance étrangère[12]. En 1713, l'Angleterre possédait déjà des colonies en Amérique du Nord ; par ailleurs, son empire commençait à s'étendre en Orient. C'est toutefois dans l'administration du pays de Galles, de l'Écosse et de l'Irlande qu'elle avait acquis ses connaissances de populations très différentes de ses propres élites.

Il serait inexact de prétendre que les Îles britanniques, avec une population d'environ huit millions, constituait alors un royaume réellement uni ; par ailleurs, l'Angleterre elle-même était d'une grande diversité. Cependant, malgré les différences manifestes entre les South Downs et les landes du Yorkshire, entre les plaines marécageuses et les mines de Cornouailles, entre les riches et les pauvres, la ville et la campagne, un consensus politique très fort était un facteur unificateur. L'Angleterre du XVIIIe siècle était un pays post-révolutionnaire. Son héritage comprenait la Guerre civile aussi bien que la Révolution glorieuse de 1688, et le pays était parvenu à une entente sur bon nombre de questions politiques. Certes, ce n'était pas une société tolérante, mais elle permettait la tolérance et reconnaissait le droit à la dissidence. En fait, c'est justement à cette société anglaise que l'on doit le concept paradoxal de « l'opposition loyale ».

En particulier, malgré le rôle joué par les préjugés religieux dans de nombreuses décisions politiques et sociales, ni les dissidents protestants ni les Catholiques n'eurent à souffrir de proscription. Le conformisme en matière de religion était à la fois une

---

12. C'était souvent l'Irlande qui servait de terrain d'apprentissage pour ceux qui devaient exercer le pouvoir anglais en Amérique du Nord. En effet, comme l'a souligné Stephen Saunders Webb, « entre 1689 et 1727 au moins 15 vétérans des guerres de Guillaume III occupèrent des postes de gouverneur en Virginie, au Gibraltar, en Minorque, au Jamaïque, aux Barbades, aux Îles-sous-le-vent, en Nouvelle-Écosse, à Terre-Neuve, au New York et en Pennsylvanie ». « Army and Empire: English Garrison Government in Britain and America, 1569 to 1763 », *William and Mary Quarterly*, 34 (1977) : p. 15.

politique gouvernementale et une nécessité sociale, mais les non-conformistes ne risquaient que leur statut social, politique et économique. En 1714, par exemple, les Catholiques furent exclus de toute fonction publique, de l'armée, de la marine et du Parlement[13]. Cependant, à une époque où la loi obligeait le roi à adhérer à l'Église anglicane, le pays comptait encore huit ou neuf pairs du royaume de religion catholique. Par contre, dans la France de la même époque, les croyances des Huguenots étaient proscrites et les pratiques de l'Église réformée étaient interdites.

C'est ainsi que, au premier abord, l'annexion de la Nouvelle-Écosse et de sa population acadienne ne sembla poser aucun problème particulier. Londres avait déjà affronté les peuples gallois et irlandais dont la langue et la religion différaient des siennes. Par ailleurs, les colonies nord-américaines lui avaient fait connaître les difficultés de communication et les problèmes posés par des populations enclines à revendiquer leur propre conception de la liberté. Cependant, l'administration des Acadiens, situés à la périphérie de l'empire et liés par la langue et la religion à une autre puissance établie dans la même région, exigeait une certaine flexibilité de la part des responsables du nouveau régime colonial. Pendant tout le XVIIIe siècle, l'administration anglaise devait être préoccupée par des questions de sécurité de l'empire, comme elle le serait par les difficultés inhérentes dans les rapports quotidiens entre une administration militaire et une population civile.

Le choix d'un régime militaire à partir de 1713, et même après 1719, n'est guère surprenant malgré le fait qu'une administration civile serait bientôt en place. D'abord, ayant affronté ce qu'on estimait être le républicanisme en Nouvelle-Angleterre, les autorités coloniales étaient peu portées à encourager la contestation chez d'autres populations[14]. Ensuite, le régime des garnisons, c'est-à-dire l'administration militaire suivant des instructions envoyées de Londres, était déjà bien connu des Anglais au milieu du

13. Entre 1710 et 1770 le nombre de Catholiques passa de 60 000 à environ 80 000. Au sujet de cette croissance, voir Speck, *Stability and Strife*, p. 102-104.
14. Sur l'importance de la Nouvelle-Angleterre dans les priorités définies par les commissaires du commerce, et l'impact de l'activité de la Nouvelle-Angleterre sur l'élaboration de la politique coloniale anglaise, voir l'analyse très pertinente de P.S. Haffenden, *New England in the English Nation, 1689-1713* (Oxford, 1974), surtout le chapitre 7, « Against Port Royal and Quebec: Anglo-Massachusetts Cooperation and the Aftermath of Failure, 1707-1713 », p. 243-290.

siècle, comme l'a montré Stephen Webb[15]. En outre, un tel régime semblait convenir à une colonie récemment acquise par les armes. Enfin, si les lois permettaient aux Catholiques une grande liberté sociale, elles limitaient strictement leur pouvoir politique. À plusieurs égards, le choix du régime militaire semblait donc logique.

Fait surprenant, cette administration n'entraîna pas de contraintes militaires rigides. Entre 1713 et 1730, les Acadiens purent dans une grande mesure faire valoir le droit de gérer leurs propres affaires. Cette situation découlait à la fois de la tradition d'indépendance qu'ils avaient établie, même sous le régime français[16], et d'un système de représentation par des délégués. Ce système, initié par Samuel Vetch en 1710, devint rapidement un fait accompli[17]. À partir de 1713, toute demande émanant des fonctionnaires anglais d'Annapolis Royal (Port-Royal avait été rebaptisé en l'honneur de la reine Anne) fut transmise à l'ensemble des habitants par des délégués choisis par les villages. Bientôt ces délégués jouaient le rôle de porte-parole ; au sujet controversé du serment d'allégeance, leur rôle se dessina sans ambiguïté. En réponse aux exigences anglaises, les représentants des villages envoyèrent de longs commentaires aux autorités d'Annapolis Royal. Les fonctionnaires anglais en visite dans les villages furent soumis à de longues discussions sur la question. Ce processus fut à l'origine d'une culture politique spécifiquement acadienne. Cependant, en dépit du rôle primordial des délégués, on a peu étudié l'évolution de ce qui est en réalité une élite politique acadienne.

---

15. Stephen S. Webb, *The Governors-General: The English Army and the Definition of Empire, 1569-1681* (Chapel Hill, 1979), p. 447. Pour une discussion de ses idées, voir W.A. Speck, « The International and Imperial Context », dans Jack P. Greene et J.R. Pole (sous la direction de), *Colonial British America: Essays in the New History of the Early Modern Era* (Baltimore, 1984), p. 389-391.
16. Voir N.E.S. Griffiths, « The Acadians ».
17. La plupart des spécialistes affirment que cette pratique fut le résultat d'une initiative de Samuel Vetch. Voir, par exemple, Brebner, *New England's Outpost*, p. 62. Toujours est-il que les Acadiens l'adoptèrent sans tarder. Voir le rapport fait par Mascarène en 1714 : « [Les habitants des Mines] m'ont sollicité l'autorisation de nommer parmi eux des hommes pouvant représenter la communauté. Bon nombre d'habitants étant éloignés, je n'ai pas hésité à donner mon consentement ; ils choisirent M. Peter Melanson et les quatre anciens capitaines de leur milice, avec un autre pour Manis, un pour Chignectou et un autre pour Cobequid. »

La question du serment dans le contexte européen a été étudiée par Yves Durand[18]. Ce dernier souligne le fait que le recours au serment était pratique courante en territoire anglais, d'autant plus qu'une dynastie nouvelle venait d'accéder au trône et que les Jacobins contestaient encore la succession hanovérienne. Ce qui est peu habituel dans le cas des Acadiens, c'est le fait que, sur une période de 17 ans, ils purent négocier un serment exprimant leurs propres souhaits politiques. Nul doute que les autorités britanniques exigeaient un serment d'allégeance sans équivoque, d'abord à Georges I et, à la mort de ce dernier, à Georges II[19]. Nul doute non plus que, de 1719 à 1730, les Acadiens proposèrent et firent accepter[20] des serments qui, malgré des différences formelles, contenaient des garanties explicites du respect de la neutralité et du droit de ne pas porter d'armes contre la France ni contre les Micmacs. De toute évidence, la neutralité fut un choix délibéré de la part des Acadiens, déterminée sans l'intervention des Français ni de l'Église[21]. Enfin, il est clair que les Acadiens avaient réussi à persuader les autorités d'Annapolis Royal : comme le fait remarquer Brebner, à partir de 1730, « la plupart des Anglais appelaient les Acadiens "les neutres" ou "les Français neutres"[22] ».

Somme toute, entre 1713 et 1730, les Acadiens élaborèrent, avec l'appui des Anglais, des structures efficaces assurant la représentation des souhaits de leurs villages. Par exemple, le droit des établissements d'élire leurs délégués chaque année était déjà reconnu en 1721[23]. Comme un gouverneur le fit remarquer ultérieurement,

---

18. Yves Durand, « L'Acadie et les phénomènes de solidarité et de fidélité au XVIIe siècle », *Études canadiennes*, 13 (1983) : p. 47-62.
19. Dans *New England's Outpost*, Brebner résume les grandes lignes de cette question. Des documents pertinents sont publiés dans T.B. Atkins, *Selections from the Public Documents of the Province of Nova Scotia* (Halifax, 1869) ; *Documents inédits* (Québec, 1888-1891) ; et Murdoch, *A History of Nova Scotia or Acadie*, vol. 1.
20. L'exactitude des rapports remis par les fonctionnaires aux commissaires du commerce est un problème complexe. Paul Mascarène, l'Huguenot qui deviendrait lieutenant-gouverneur de la colonie en 1744, fut convaincu que les autorités britanniques s'étaient engagées à respecter la neutralité des Acadiens. Voir par exemple « Mascarène à Cornwallis, 1749 », dans *Report Concerning Canadian Archives for the Year 1905*, 3 vol. (Ottawa, ANC, 1906), II, 3 : app. A, p. xiv.
21. Pour une analyse plus détaillée, voir N.E.S. Griffiths, « The Golden Age: Acadian Life, 1713-1748 », *Histoire sociale / Social History*, 17 (1984), p. 21-34.
22. Brebner, *New England's Outpost*, p. 97.
23. Murdoch, *History of Nova Scotia*, vol. 1, p. 388.

ce processus « permettait à chacun de partager l'honneur de la charge ou d'en être épuisé[24] ». Avant 1732 les Anglais reconnurent le droit des délégués de régler des différends concernant les terres, même si par la suite les Acadiens appelaient de ces décisions auprès du Conseil d'Annapolis Royal[25]. Établi en 1719, ce conseil comprenait 10 ou 12 hommes nommés par le gouverneur, suivant le modèle fourni par la constitution accordée à la Virginie[26]. Dans l'immédiat, il devait compléter le régime militaire qu'il finirait par remplacer à plus long terme. En même temps, il fit office de Cour suprême de la Nouvelle-Écosse.

Tout en reconnaissant que les délégués étaient « en fait le gouvernement local de la population acadienne[27] », Brebner fut convaincu que les Acadiens étaient « peu sensibles à la politique[28] ». Par conséquent, il n'approfondit pas son analyse du système des délégués comme cadre politique de la communauté acadienne. Cependant, loin d'être un simple expédient administratif, le système des délégués joua un rôle primordial. En effet, il suppose une organisation politique de la vie acadienne, une structure reconnue par les autorités, donnant une voix aux Acadiens dans l'administration de la colonie. Mais cela signifiait également que les Acadiens reconnaissaient la juridiction anglaise dans de nombreux domaines de leur existence. Par exemple, vers la fin d'avril 1726, une dispute au sujet de la dîme, survenue entre le père Ignace et les habitants de Beaubassin, fut soumise au Conseil

24. PANS (A.M. MacMechan, sous la direction de), *Nova Scotia Archives II: A Calendar of Two Letter-books and One Commission Book in the Possession of the Government of Nova Scotia* (Halifax, 1900), p. 89.
25. « Quant à la lettre adressée (au conseil) [...] et aux délégués concernant le problème du partage de la terre entre les Depuis et les Claude, Armstrong ne peut plus donner de directive. Les intéressés devraient sans tarder faire le partage. »
26. Cette question appelle un commentaire plus détaillé. Dans *New England's Outpost*, Brebner analyse certaines difficultés associées à la structure du Conseil. Le premier Conseil se réunit en 1720, comprenant les membres suivants : Richard Philipps ; le capitaine-général et gouverneur John Doucett, capitaine ; Lawrence Armstrong, major ; Paul Mascarène, major ; le Révérend John Harrison, aumônier ; Cyprian Soughack, capitaine de vaisseau ; Arthur Savage ; Hibbert Newton, percepteur ; William Skene, médecin ; William Shirreff ; et Peter Boudre, capitaine de sloop. Murdoch, *History of Nova Scotia*, vol. 1, p. 363. Voir aussi PANS, *Original Minutes of His Majesty's Council in Annapolis Royal, 1720-1739* (Halifax, 1908), p. 1.
27. Brebner, *New England's Outpost*, p. 149.
28. *Ibid.*, p. 75.

qui décida en faveur du prêtre[29]. À la même réunion, le Conseil rendit sa décision au sujet d'une poursuite en recherche de paternité, obligeant le père à payer « trois shillings et neuf pence chaque semaine jusqu'au huitième anniversaire de l'enfant[30] ».

Nous savons très peu sur la sélection des délégués, mais l'existence d'une procédure électorale ne fait pas de doute. Les autorités d'Annapolis fixaient le jour de l'élection et Grand-Pré et Beaubassin choisissaient sans doute avec le plus grand soin leurs délégués aux consultations avec les Anglais[31]. Les discussions qui s'ensuivaient devaient refléter les différences d'opinions typiques de toute communauté, aggravées cependant par le fait que les Acadiens étaient un peuple frontalier. Non seulement leurs terres étaient encore disputées par deux grandes puissances, mais à la suite de chaque traité de paix elles avaient été renvoyées de l'une à l'autre. Les autorités françaises à Louisbourg affirmaient sans cesse aux Anglais d'Annapolis, et aux Acadiens, que seul Annapolis avait été cédé par le *traité d'Utrecht*, et que par conséquent les Anglais ne détenaient d'autorité légitime que sur ce territoire[32]. Quant à l'attitude des délégués acadiens à propos de la puissance relative des deux empires concurrents, elle fut influencée par l'opinion des communautés acadiennes elles-mêmes.

En outre, il faut tenir compte du point de vue des Micmacs, voisins et compagnons de tous les Euro-Américains habitant en « Acadie ou Nouvelle-Écosse ». En effet, mécontents des suites de

---

29. « Meeting of the Council, 20th April, 1726 », dans PANS, *Original Minutes*, p. 111-113.
30. *Ibid.*, p. 113.
31. Sur le choix du jour d'élection et les difficultés entraînées par le processus électoral, voir les lettres de Paul Mascarène à divers correspondants entre juin et septembre 1734, PANS, *A Calendar of the Two Letter-books*, p. 140 ss.
32. La question des « anciennes limites » de « l'Acadie ou la Nouvelle-Écosse » devint de plus en plus cruciale. En 1748 les Anglais prétendaient qu'elles s'étendaient du Maine jusqu'au Saint-Laurent, mais les Français affirmaient qu'elles ne renfermaient que la moitié de l'actuelle Nouvelle-Écosse, à savoir la région autour d'Halifax. Après la signature du *traité d'Aix-la-Chapelle* en 1748, une commission internationale fut nommée pour étudier la question, et plusieurs livres furent publiés à l'appui de l'un ou de l'autre argument. Voir entre autres Matthieu-François Pidansat de Mairobert, *Discussion sommaire sur les anciennes limites de l'Acadie, et sur les stipulations du traité d'Utrecht, qui y sont relatives* (Paris, 1753) ; W.M.D. Clarke, *Observations on the late and present conduct of the French, with regard to their encroachments on the British colonies in North America, together with the remarks of the importance of these colonies to Great Britain* (London, 1755) ; et Anon, *Remarks in ten French memorials concerning the limits of Acadie* (1756).

1713, les Micmacs s'efforcèrent d'influencer l'opinion des Acadiens à l'égard des Anglais[33]. Les Micmacs n'étaient pas un peuple plus homogène que les Acadiens. Chaque bande avait ses propres politiques, ce qui obligeait les Acadiens à juger de l'opinion micmac avec le même soin qu'ils consacraient à celle de leur propre communauté. Évaluer l'opinion acadienne exigeait d'ailleurs des efforts considérables, à cause de la croissance démographique qui avait entraîné à la fois l'expansion de villages déjà existants et le développement de nouveaux établissements. Nul doute que toutes ces questions furent débattues par la population qui, face aux réalités de la croissance, élabora un système de gouvernement local. Ce système fut incarné de façon remarquable par les délégués et joua un rôle indéniable dans la formation de la culture acadienne.

La base de cette culture fut celle de toute colonie européenne d'Amérique du Nord au début du XVIIIe siècle : une société dont la population était en pleine croissance ; une communauté capable, en puisant dans son environnement immédiat, de pourvoir à la plupart de ses besoins, tant matériels qu'intellectuels ; une entité politique à la recherche d'institutions pour assurer l'affirmation et la réalisation de ses idéaux[34]. Cependant, l'évolution de la culture présentait des traits particuliers, déterminés par le croisement d'un certain nombre de variables.

L'expansion de la population acadienne avant 1730 ne fait pas de doute. En effet, à l'occasion de sa deuxième visite dans la colonie[35], le gouverneur Philipps écrivit au duc de Newcastle qu'il importait d'assurer la fidélité des Acadiens, à cause de « la multiplication de ce peuple dont le nombre est déjà considérable et qui, comme la progéniture de Noé, se répand sur toute la province[36] ».

33. L.F.S. Upton, *Micmacs and Colonists: Indian-White Relations in the Maritimes, 1713-1867* (Vancouver, 1979).
34. La question de l'identité coloniale au Canada continue de susciter des controverses. Voir en particulier S.F. Wise, « Liberal Consensus or Ideological Battleground », *Historical Papers / Communications historiques* (Ottawa, 1974) : p. 1-15 ; R.C. Harris, « Preface », *The Seigneurial System in Early Canada: A Geographical Study* (Montréal, 1984) ; et Gilles Paquet et Jean-Pierre Wallot, « Nouvelle France / Quebec / Canada: A World of Limited Identities, », dans Nicholas Canny et Anthony Pagden (sous la direction de), *Colonial Identity in the Atlantic World 1500-1800* (Princeton, 1987), p. 95-114.
35. Gouverneur de la Nouvelle-Écosse de 1717 à 1749, Philipps ne séjourna dans la colonie que de 1720 à 1723 et de 1729 à 1731.
36. Des extraits de cette lettre sont publiés dans Akins, *Nova Scotia Documents*, p. 86.

Les chiffres exacts et le rôle démographique de la migration sont moins connus : les Anglais attachant moins d'importance aux statistiques que le régime français, les données disponibles nous proviennent d'une variété de sources incomplètes[37]. Les établissements les plus peuplés étaient, par ordre croissant d'importance (chiffres approximatifs), ceux du bassin des Mines, de Beaubassin (y compris toute la baie de Chignectou) et d'Annapolis Royal, où la population acadienne était la plus importante[38]. Il est généralement admis qu'en 1730 la population acadienne comptait environ 5 000 personnes, ce qui signifie qu'en un peu plus d'une génération elle avait quintuplé.

Selon plusieurs historiens de cette période, la migration n'aurait joué qu'un rôle mineur dans cette croissance[39]. Par contre, A.H. Clark fit remarquer déjà en 1968 que « les archives de Grand-Pré montrent tout le contraire d'un isolement bucolique[40] ». Quant aux mariages, les registres paroissiaux disponibles démontrent que des partenaires arrivèrent dans les établissements acadiens de Pisiquid et de Grand-Pré en provenance du Canada, de France, de l'île du Cap-Breton et de la vallée de la rivière Saint-Jean[41].

Il est bon de se rappeler la prudence préconisée par Fernand Ouellet dans l'interprétation des données démographiques au profit d'impératifs idéologiques[42]. Les statistiques acadiennes n'ont pas encore été exploitées pour représenter la fertilité comme la revanche française contre un monde anglophone. Néanmoins, il faut reconnaître l'influence du mythe d'une identité acadienne ethnique, génétiquement exclusive, qui se perpétue indéfiniment.

37. La survie des archives paroissiales évoque celle des documents du moyen âge : elle fut le fait du hasard autant que de l'intention. Comme le fait remarquer Morris Bishop, « la vérité dépasse les limites du document ». D'autres estimations de la population figurent dans des rapports rédigés à l'intention d'un public européen.
38. Clark, *Acadia: The Geography of Nova Scotia* (Madison, 1968), p. 204.
39. Hynes, « Demography », p. 11.
40. Clark, *Acadia*, p. 204.
41. Les registres paroissiaux de Saint-Jean-Baptiste de Port-Royal et de Saint-Charles de Grand-Pré se trouvent aux Archives nationales du Canada sous la cote MG9, B-8, lots 12 (3) et 24 (2).
42. À l'égard de l'hypothèse selon laquelle le taux de naissance du Québec serait en quelque sorte un « défi démographique » lancé contre le cours de l'histoire, Ouellet est plutôt sceptique. F. Ouellet : « L'accroissement naturel de la population catholique québécoise avant 1850 : aperçus historiques et quantitatifs », *L'Actualité économique : revue d'analyses économiques*, 59, n° 3 (1983).

Le climat raciste du XIXe siècle amena Pascal Poirier, par exemple, à récuser toute hypothèse de liens familiaux entre Micmacs et Acadiens[43]. De même, certains auteurs refusent actuellement de reconnaître les rapports tout aussi importants entre les Acadiens et les Anglais. Il ne fait pas de doute qu'au début du XVIIIe siècle, la plupart des mariages acadiens se faisaient entre époux dont les familles étaient établies en Nouvelle-Écosse depuis au moins une génération. Par contre, il est probable que dans 25 p. 100 à 30 p. 100 des cas, un des époux venait de l'extérieur. L'étude détaillée de l'influence de ces mariages sur la vie des établissements et sur les rapports avec les autorités britanniques reste à faire. Nul doute, cependant, que ces mariages entre Acadiens et nouveaux venus établissaient des liens entre les descendants des La Tour, par exemple, et les autorités anglaises[44]. De même, les mariages entre des familles acadiennes moins connues et les membres de la société anglaise d'Annapolis[45] facilitèrent l'accès à des idées et à des renseignements de grande importance pour la politique acadienne. Pour connaître davantage les rapports sociaux entre les Acadiens et la garnison, et leur signification pour la politique acadienne, il faut consulter des études telles que l'ouvrage de William Godfrey portant sur John Bradstreet[46], fils d'Agathe de Saint-Étienne de La Tour et d'un officier anglo-irlandais en garnison à Annapolis Royal.

Le stéréotype d'un peuple isolé, replié sur lui-même et d'une fertilité exceptionnelle, doit céder devant la réalité d'une population dont le taux de fertilité n'était guère supérieur à celui d'autres communautés euro-américaines de l'époque. Par ailleurs, les Acadiens entretenaient de nombreux contacts avec le monde extérieur, allant jusqu'à accueillir des étrangers au sein de leurs familles. Somme toute, l'accroissement démographique entre 1710 et 1748 doit être attribué en partie à l'apport des étrangers.

---

43. Pascal Poirier, *Origine des Acadiens* (Montréal, 1874).
44. Marie Agathe de Saint-Étienne de la Tour, née en 1690, eut deux mariages avec des subalternes anglais attachés à la garnison d'Annapolis Royal : le premier avec le lieutenant Edmond Bradstreet, et le deuxième avec le lieutenant James Campbell. Voir *DBC*, 2 : p. 617.
45. Tels que William Winniett, le marchand huguenot, qui épousa une Acadienne. *DBC*, 3 : p. 720-721.
46. William G. Godfrey, *John Bradstreet's Quest: Pursuit of Profit and Preferment in Colonial North America* (Waterloo, Ontario, 1982).

En même temps, il ne fait pas de doute que bon nombre de mariages se faisaient à l'intérieur de la communauté acadienne, entre individus dont les frères et sœurs, oncles et tantes, avaient déjà choisi des époux dans les mêmes familles. Les Trahant épousaient souvent des Granger. Les Blanchard, Leblanc et Landry se mariaient entre eux[47]. Selon certains documents, il n'est pas impossible que des mariages entre petits cousins, nécessitant une dispense, fussent pratique assez courante[48]. Il faut souligner le fait que, malgré son accroissement, la population acadienne du XVIIIe siècle était peu nombreuse, s'élevant tout au plus à 20 000 personnes à la veille de la Déportation. La question controversée de la dominance des 47 familles originelles recensées en 1671[49] ne doit pas faire oublier l'existence indiscutable de liens familiaux, non seulement entre les villageois mais d'un établissement à l'autre.

Au début des années 1730, la société acadienne possédait sa propre culture politique naissante, et sa croissance se manifestait à la fois dans les établissements existants et dans le peuplement de nouveaux territoires. Comme ce fut le cas au Québec, les nouveaux établissements virent le jour à la suite de migrations en provenance de communautés plus anciennes. Le modèle découvert par Yves Beauregard et ses collègues, à savoir que les nouveaux établissements prospéraient dans la mesure où ils étaient fondés par des groupes familiaux[50], ressemble à celui décrit par Paul Surette dans son étude des établissements acadiens à Chipoudie et le long des rivières Petitcodiac et Memramcook[51]. Dans la société acadienne, l'ambition individuelle qui caractérise la migration au Massachusetts du XVIIIe siècle, selon Douglas Lamar Jones[52],

47. La preuve la plus accessible de tels liens est fournie par Milton P. Rieder et Norma Gaudet Rieder, *The Acadians in France*, 2 vol. (1971-1972). Il s'agit de dactylographies des déclarations généalogiques faites par les Acadiens retournés en France après 1763 ; les manuscrits originaux sont conservés aux Archives d'Île-et-Vilaine, Rennes ; voir surtout la Série C5160.

48. Clark, *Acadia*, p. 204.

49. Les travaux de Stephen White au Centre d'études acadiennes de l'Université de Moncton, dont la publication est attendue, fourniront une réponse à cette question (voir ci-dessus, chapitre 1, note 33).

50. Yves Beauregard *et al.*, « Famille, parenté et colonisation en Nouvelle-France », *Revue d'histoire de l'Amérique française*, 39 (1986) : p. 402.

51. Paul Surette, *Petitcodiac : colonisation et destruction, 1731-1755* (Moncton, 1988).

52. Douglas Lamar Jones, *Village and Seaport: Migration and Society in Eighteenth-Century Massachusetts* (Hanover, New Hampshire, 1981).

semble avoir été moins importante que les mouvements familiaux entrepris dans le but de fonder de nouvelles communautés.

Dans les villages plus anciens comme dans les territoires nouveaux, l'expansion faisait ressortir le problème de la propriété, parfois aux dépens même de la politique de la neutralité. Selon Stephen Clark,

> La question la plus épineuse de l'historiographie acadienne est celle des caractéristiques de la propriété à partir de 1710. Une situation déjà complexe, surtout dans les environs des Mines, à Chipoudie, Pisiquid et Cobequid, le fut davantage à cause de l'ambiguïté du *traité d'Utrecht* et des interprétations qu'en firent la Chambre du Commerce, le gouverneur ou ses représentants[53].

Cependant, Clark et Brebner s'efforcent d'éclaircir l'organisation de la propriété avant d'étudier ses liens avec la structure de l'établissement. Pour l'instant, il est probable que de telles questions découlent du statut des Acadiens comme sujets d'une colonie anglaise. La différence entre citoyen et sujet, et le droit d'émigrer, sont des questions controversées ; cependant, il ne fait pas de doute qu'à partir de 1713 les Acadiens avaient le droit à la propriété, comme le montrent les registres de ventes et de *quit-rents* (loyers symboliques) payés aux fonctionnaires britanniques[54]. De même, des disputes au sujet des limites de certaines propriétés furent souvent réglées par le gouverneur ou le lieutenant-gouverneur en conseil, ce qui apporte une preuve supplémentaire de l'acceptation du droit à la propriété[55]. En 1730, grâce au système de délégués, la communauté acadienne possédait déjà un cadre dans lequel élaborer des institutions politiques. De plus, la reconnaissance du droit à la propriété lui conférait une légitimité supplémentaire.

En somme, tout porte à conclure qu'en 1730 les Acadiens se sentaient en sécurité en Nouvelle-Écosse. Il est vrai que le régime anglais avait duré plus longtemps, que les familles anglaises étaient plus nombreuses que jamais, et que de surcroît les Anglais

53. Clark, *Acadia*, p. 195.
54. Sur la question des ventes, voir *ibid.*, p. 195. Sur les *quit-rents*, voir les plaintes incessantes concernant les paiements tardifs dans PANS, *A Calendar of Two Letter-books*, p. 81.
55. Voir surtout les commentaires du lieutenant-gouveneur, le colonel Armstrong, qui déplore le travail occasionné par de telles disputes. PANS, *A Calendar of Two Letter-books*, p. 177-178.

dominaient les pêcheries de Canso. Cependant, le régime n'était pas plus sévère qu'au temps de Crowne et Temple trois générations plus tôt. Les Micmacs semblaient plus turbulents que par le passé, mais dans l'ensemble leurs rapports avec les Acadiens étaient assez paisibles. Malgré la proximité des Français à Louisbourg, le risque d'hostilités entre les deux puissances rivales semblait éloigné par le fait que les Anglais de Boston, encore plus que les Acadiens, pratiquaient la contrebande avec la forteresse[56]. Loin d'envisager l'exil, les Acadiens se croyaient installés définitivement en Nouvelle-Écosse, s'identifiant à leurs terres et se consacrant à l'évolution de leur propre mode de vie.

Nos connaissances de la société acadienne de cette époque sont souvent obscurcies par la façon dont la Déportation a été racontée. Le besoin de justifier les actions de tous les participants a entraîné une fausse image tendant à faire des Acadiens tout le contraire d'une communauté normale comprenant des membres ordinaires. Les historiens sont portés à simplifier la réalité, les Acadiens se réduisant soit à des pantins des Français[57], soit à des victimes innocentes et naïves. Même J.B. Brebner partage cette deuxième représentation, affirmant que les Acadiens étaient apolitiques, « des fermiers éparpillés », des « habitants », en d'autres termes une société sans femmes ni enfants, sans pêcheurs ni chasseurs, ni commerçants, ni artisans. Malgré le grand nombre d'ouvrages qui s'efforcent de nuancer les images simplistes de Longfellow, celle d'Évangéline coiffée de son bonnet blanc, se promenant dans un cadre bucolique avec Gabriel, continue de masquer la complexité réelle de la vie acadienne des années 1730.

Pour nuancer la vision du poète, il faut commencer par faire la distinction entre les établissements acadiens. En 1731, par exemple, Robert Hale, jeune médecin, voyagea du New Hampshire à Annapolis et à Beaubassin à bord d'un voilier qui transportait du

56. En 1740, l'importance du commerce entre la Nouvelle-Angleterre et Louisbourg fut évaluée à 48 447 £ ; les exportations de Nouvelle-Angleterre en direction de Louisbourg valurent 70 678 £. Clark, *Acadia*, p. 324-325. Voir aussi les articles pertinents dans *Seafaring in Colonial Massachusetts: A conference held by the Colonial Society of Massachusetts Nov. 21 and 22, 1975* (Boston, 1980), surtout Donald F. Chard, « The Price and Profits of Accommodation: Massachusetts-Louisbourg Trade, 1713-1744 », p. 131-152.

57. « Ils étaient victimes [...] des illusions inculquées par de faux amis. » Murdoch, *History of Nova Scotia* (1866), 2 : p. 298.

charbon du Joggins actuel jusqu'au traversier de Charlestown[58]. Il nota que l'entrée du bassin d'Annapolis était entourée de « petits arbres touffus » qui faisaient croire que « pas un seul n'avait été abattu depuis la Création ». Ensuite, il remarqua une croix dressée sur une petite plage où « les Français font sécher le poisson ». Il fut informé que « des Français » habitaient le long de la rivière, « sur un parcours de 30 milles, » dans des villages comprenant « 4, 5 ou 6 maisons » séparées par de « petites intervalles ». À la différence de cette description d'Annapolis Royal, celle de Beaubassin fait état d'un cadre de vie où les établissements comprennent des granges et des quais, des chapelles et même une auberge. Pour bien saisir la vie acadienne de l'époque, il faut aussi comprendre les modèles d'établissements très variés ; par exemple, des termes tels que hameau, bled, *clachan* ou bourg évoquent des agglomérations comparables, où les quelques dépendances sont employées soit pour l'agriculture ou la pêche, soit pour le culte ou d'autres fonctions communautaires[59]. On peut comparer les établissements acadiens à d'autres communautés de l'époque ; celles de deux ou trois familles éparpillées le long des côtes bretonnes ou celles de Cornouailles, ou encore en Gaspésie ou le long de la côte du Maine. Les villages, dont les communautés sont habituellement composées de 10 ou 20 familles distinctes et parfois apparentées, ne se trouvent sans doute que dans la vallée d'Annapolis et dans la région des Mines. Par contre, sur le site actuel de Sackville au Nouveau-Brunswick, à Westcock et à Chipoudie, les maisons, même disposées au hasard, constituaient une communauté. Hale note qu'il rendit visite aux quelques « maisons françaises appelées Worfcock [Westcock], où les habitants nous reçurent avec grande amabilité et courtoisie[60] ».

De plus, il faut nuancer l'image d'un peuple agricole ; représentation qui a souvent fait oublier l'importance des vallées fluviales et de la mer dans la vie acadienne. En effet, c'est l'absence complète de la mer dans le poème de Longfellow qui en constitue

58. Le récit du voyage de Robert Hale, « A Voyage to Nova Scotia », est publié dans *Historical Collections of the Essex Institute*, 42 (1906) : p. 217-243.
59. Pierre Flatres, « Historical Geography of Western France », dans H. Clout (sous la direction de), *Themes in the Historical Geography of Western France* (London, 1977), p. 300-313.
60. Hale, « A Voyage to Nova Scotia », p. 231.

la lacune la plus flagrante. Peu d'Acadiens ignoraient la mer : un vocabulaire acadien compilé en 1746 comprend une liste de mots et d'expressions marins, tels que « appareiller », qui signifie pour les Acadiens « se préparer à partir ou à mettre la voile[61] ». De nos jours, dans son étude monumentale des origines et de l'évolution de la langue acadienne, Geneviève Massignon analyse l'emploi de ces termes dans le discours quotidien[62]. Par exemple, « le large », qui signifie la mer, fut employé très tôt pour représenter les vastes espaces de la forêt. De même, « amarrer », qui signifiait attacher un bateau, fut employé à propos des animaux. Source de nourriture, moyen de communication, cadre de vie, la mer fut le compagnon constant de la plupart des Acadiens.

Même dans les villages de Grand-Pré, qui sont souvent classés comme étant exclusivement agricoles, la mer dominait : en effet, les marées nécessitaient la construction de digues, ce qui dictait en même temps la façon de cultiver la terre. Autant que les labours, les semailles et les récoltes, les marées déterminaient le cycles de construction et de réparation des digues.

Dans son *Histoire populaire de l'Acadie*, Jean-Claude Dupont a souligné la signification des établissements riverains[63], où le milieu naturel facilitait certaines adaptations et en exigeait d'autres. Par exemple, les filets et les barrages étaient indispensables pour la pêche dans les estuaires. Les rivières facilitaient les déplacements au moyen de canots et de yoles. Elles furent d'ailleurs à l'origine des liens avec les Micmacs : les Acadiens adaptèrent les canots des Autochtones et tirèrent profit de leurs connaissances du golfe du Saint-Laurent[64]. Les activités maritimes telles que la chasse au morse et aux autres animaux à fourrure ajoutèrent une autre dimension à la vie, surtout le long de la côte entre la baie Verte et la baie des Chaleurs[65].

---

61. « Vocabulaire marin », dans *Documents inédits sur le Canada et l'Amérique*, 3 vol. (Paris, 1888), 1 : p. 70-74.
62. Geneviève Massignon, *Les parlers français d'Acadie* (Paris, 1955), 2 : p. 733.
63. Jean-Claude Dupont, *Histoire populaire de l'Acadie* (Montréal, 1978), p. 31.
64. Une des meilleures études est éditée par Charles A. Martijn : *Les Micmacs et la mer* (Montréal, 1986).
65. Aliette Geistdœrfer, *Pêcheurs acadiens, pêcheurs madelinots : ethnologie d'une communauté de pêcheurs* (Québec, 1987) fournit des renseignements très utiles sur les débuts de la pêche acadienne.

Somme toute, chaque établissement acadien répondait à un environnement particulier. La disposition des bâtiments reflétait le paysage, fût-ce une vallée abritée telle que les prés d'Annapolis ou la rive sauvage du sud de la baie de Cumberland. De plus, les maisons elles-mêmes prenaient des formes variées. Par exemple, Hale nota que dans la région de Beaubassin elles étaient basses, « avec une charpente solide et une toiture pentue (pas une seule maison ne mesurait 10 pieds de haut) ». L'intérieur des maisons ne comprenait « qu'une seule pièce [...] à l'exception d'un poulailler, une cave et parfois un placard ». Cependant, cette description n'est pas tout à fait claire : Hale continue en notant que « leurs chambres ressemblent aux cabines de marins, consistant en un lit entouré de planches, le mur de ce lit n'étant percé que d'une ouverture assez grande pour s'y glisser et y dormir[66] ». Le rez-de-chaussée comprenait sans doute une salle de séjour et une cuisine, avec un coin privé réservé aux parents. Cette représentation de la maison acadienne à une seule grande pièce est confirmée par des documents du XVIIIe siècle[67].

Cependant, les fouilles archéologiques du site de Bellisle ont déjà prouvé que, même par rapport aux normes du XXe siècle, certaines maisons acadiennes étaient grandes[68]. Encore une fois, la diversité est la norme. La région d'Annapolis Royal et les marais de Grand-Pré étaient caractérisés par des maisons à colombage, construites avec « des poutres solides à mortaise et tenon, renforcées par des chevilles de bois[69] ». Sur les marais de Beauséjour comme dans la région d'Annapolis, une variation de cette technique fut utilisée dans la construction de la charpente : les poteaux verticaux étaient de pin ou d'épinette, tandis que les sablières étaient de bouleau ou de saule, les interstices étant remplis d'un torchis de glaise et de paille. La glaise et les coquilles

66. Hale, « A Voyage to Nova Scotia », p. 233-234.
67. Anselme Chiasson, « Les vieilles maisons acadiennes », *Les Cahiers de la Société historique acadienne*, 25 (1969), p. 185.
68. Robert Cunningham et John B. Prince, *Tamped Clay and Saltmarsh Hay* (Sackville, N.-B., 1975), p. 11. Sur les travaux plus récents, voir Hélène Harbec et Paulette Levesque (sous la direction de), *Guide bibliographique de l'Acadie, 1976-1988* (Moncton, 1988), p. 225-229.
69. J. Rodolph Bourque, « Social and Agricultural Aspects of Acadians in New Brunswick », New Brunswick, Research and Development Branch, Historical Resources Administration (cité dans Harbec et Levesque, *Guide bibliographique*, p. 11).

ramassées à l'embouchure des rivières étaient pétries pour faire de la craie ou brûlées pour fabriquer de la chaux, ce qui rendait possible d'autres variantes architecturales.

Dans la plupart des établissements acadiens, les maisons semblent avoir été éparpillées sur un espace assez vaste. Cependant, la disposition des maisons construites entre le cap Blomidon et Pisiquid reflétait un environnement comprenant la mer, les marais et des rivières dont la marée permettait la navigation. Le paysage de Beaubassin était semblable : les établissements profitaient des possibilités plus larges offertes par l'isthme et les collines ondulantes séparées par des ruisseaux. Au premier abord, les terres acadiennes se ressemblent toutes ; néanmoins, les prés endigués à Grand-Pré sont plus doux et plus abrités que les marais salants de Tintamarre, fouettés par le vent, situés à deux ou trois cents kilomètres au nord.

Quel que soit l'aspect de la vie étudié, il faut d'abord tenir compte de la tension entre les constantes et les variantes locales d'une part, et d'autre part de la façon dont ces variantes furent vécues. Le cadre politique de tous les Acadiens fut leur statut colonial, mais à proximité du siège des Anglais à Annapolis Royal la situation fut ressentie autrement que dans les marais de Chignectou. À Grand-Pré et aux Mines, communautés plus anciennes où la population comptait deux ou trois cents familles, le statut social influençait les mariages. Par contre, dans les nouveaux établissements de quatre ou cinq familles, le problème de la consanguinité était plus important. Toujours est-il que dans les établissements qui se développaient le long de la côte nord de la baie de Fundy et dans les vallées de la Memramcook et de la Petitcodiac, les structures de la parenté ressemblaient à celles des établissements plus anciens.

Il est important de rappeler que l'étude de la vie collective passe par celle des expériences individuelles, personnelles et privées dont la culture acadienne était tissée. Cependant, les éléments les plus importants de cette culture étaient communs à toute communauté. Pour les Acadiens comme pour les Européens et d'autres habitants du globe, la base de la survivance n'avait guère changé depuis des siècles. La source de la nourriture, du logement, de tout ce qui alimentait la vie spirituelle et émotive, se

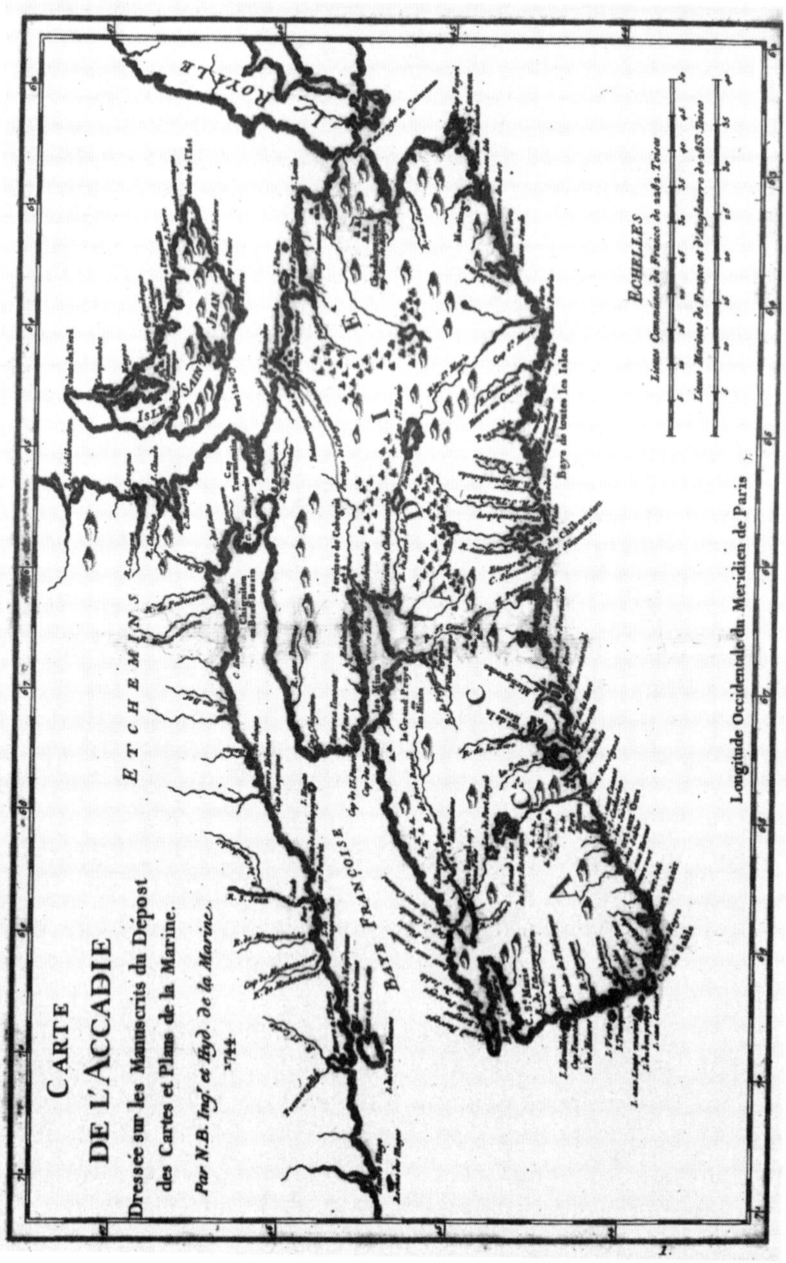

L'Acadie en 1744 (ANC, NMC 19267).

trouvait dans un ménage, en général dans une famille. Que ce fût sur les versants des Pyrénées ou à l'embouchure de la rivière Petitcodiac, rares étaient ceux qui vivaient seuls. Même les mendiants, les voleurs et les brigands vivaient dans des communautés, si éphémères qu'en fût la composition. Les ermites n'étaient pas inconnus ; parfois un individu riche et célèbre menait une vie solitaire. Néanmoins, la grande majorité faisait partie d'un ménage, dont le centre était un couple marié.

Le travail des hommes comme celui des femmes était défini par l'importance accordée aux enfants, qui à leur tour étaient formés par le travail des adultes. En effet, nourrir sa famille exigeait des efforts incessants de la part de tous les adultes. Dans ces conditions, comment ajouter foi au mythe de l'indolence des Acadiens ? Pourtant, ce mythe est tenace, propagé non seulement par des fonctionnaires français et anglais, mais par des voyageurs de passage en Acadie. Par exemple, en 1699, le chirurgien et auteur français, Dièreville, jugea ainsi les Acadiens[70] : « L'oisivite leur plait, ils aiment le repos / De mille soins facheux le pays les delivre[71] ». Cependant, il ne pouvait guère se tromper davantage. Il est vrai qu'il remarqua le nombre d'enfants et la capacité des villages de subvenir à leurs propres besoins ; par contre, il manifesta la perspective étroite d'un célibataire riche et cultivé, membre d'une société européenne urbanisée, incapable de s'imaginer la vie de ceux qui labouraient la terre et se nourrissaient de la mer et de la forêt.

La vie acadienne exigeait une ethique ressemblant à celle du Maine au XIXe siècle, « une éthique d'entraide [...] si profondément enracinée qu'elle joua un rôle quasi-religieux[72] ». À tous les niveaux, la coopération faisait partie intégrante de la vie acadienne : dans les travaux de la maison et de la ferme, la construction et l'ameublement d'habitations, les tâches domestiques telles que le tissage, le tricot, la couture et le raccommodage ; dans la chasse et l'apprêt des peaux pour le commerce ; dans l'éducation

70. Jacques Rousseau, « Dièreville », *DBC*, 2 : p. 195-196.
71. Dièreville, *Relations du voyage du Port-Royal de l'Acadie ou de la Nouvelle-France*, 2 vol. (Paris, 1708), 2 : p. 255.
72. Thomas C. Hubka, « Farm Family Mutuality: The Mid-Nineteenth-Century Maine Farm Neighbourhood », Peter Benes (sous la direction de), *The Farm* (Boston, 1988), p. 13.

des enfants et même dans l'apprentissage d'une technique de pêche. L'entraide rendait supportable et même parfois agréable une existence faite de travail ininterrompu.

C'est sans doute la construction et l'entretien des digues qui constitue l'exemple le plus évident de cette coopération. Depuis les débuts de la colonie, les techniques de l'agriculture maraîchère imprégnèrent la vie acadienne. À partir de 1635, on rechercha des colons habitués à la culture des estuaires, indiquant leurs connaissances sur leur contrat d'émigration[73]. Depuis les premières décennies du XVIIe siècle, la France pratiquait la culture de ses marais salants. Dès 1639, Louis XIII accorda à Pierre Siette de La Rochelle le droit de drainer les marais et les terres inondées d'Aunis, du Poitou et du Saintonge pour une période de 20 ans[74]. D'après les travaux de Massignon, c'est précisément de ces régions de France que vinrent les ancêtres d'environ 52 p. 100 de la population acadienne de 1707[75].

Toutes les terres entourant Annapolis Royal furent endiguées. Cependant, ce fut dans le bassin des Mines qu'on entreprit les terrassements les plus importants. De tels projets nécessitaient non seulement des talents d'ingénieurs, mais une organisation minutieuse et des efforts considérables. Un rapport de 1775, portant sur la construction d'une digue de la région de Memramcook, fournit un aperçu de l'envergure d'une telle entreprise[76]. Les 58 ouvriers composaient presque la totalité de la population mâle des rives de la Petitcodiac et de la Memramcook. Pour assurer une construction résistant aux marées et aux intempéries, ils travaillèrent 12 jours sans relâche, entre 12 et 18 heures par jour. Plusieurs ouvriers amenèrent leurs propres attelages. Une fois terminée, la digue mesura 13,5 mètres de large à la base, sur 1,2 mètres de

73. Anonyme, « Le Rôle de St-Jehan », *Mémoires de la société généalogique canadienne-française*, 2 (janvier 1944), p. 19-30.

74. Hugh D. Clout, « Reclamation of Coastal Marshes », dans Clout (sous la direction de), *Historical Geography of France* (London, 1977), p. 198.

75. Massignon, *Les parlers français*, 1 : p. 74. La proportion de Québécois venant de ces régions s'élève à environ 30 p. 100.

76. Ce rapport porte sur des travaux effectués une génération plus tard ; cependant, il est valable pour la période que nous étudions : à ma connaissance, aucune innovation technologique n'a modifié la construction des digues au cours des 40 ans précédant le rapport. Les ouvriers et les contre-maîtres furent Acadiens. Voir F.A. Chiasson, « Accounts of Desbarres », *Les Cahiers de la Société historique acadienne*, 19 (1988), p. 39-46.

haut sur 59 mètres de long[77]. Pour juger de l'ampleur des travaux, il faut reconnaître les efforts nécessaires pour assurer l'approvisionnement des hommes et des bêtes : en effet, les vivres et les installations sanitaires furent des tâches supplémentaires importantes.

Si le sentiment communautaire était indispensable au cours de la construction et de l'entretien des digues[78], il était tout aussi important par la suite, car les digues exigeaient une surveillance permanente pour assurer immédiatement toute réparation nécessaire. Aux endroits où les terres de plusieurs propriétaires étaient traversées par une digue, on nommait un « sourd du marais », responsable de veiller à l'entretien annuel[79]. Les digues et les aboiteaux[80] de l'isthme de Chignectou, de la vallée Hébert, et ceux construits par la suite entre la baie Verte et Caraquet, différaient tous. Par exemple, dans les vallées fluviales, les digues devaient résister aux inondations printanières, tandis que celles de la baie de Fundy devaient affronter l'assaut quotidien des marées[81].

Un cadre politique commun, des liens de parenté solides, des expériences familiales et communautaires connues de tous, tels sont les facteurs favorisant l'émergence de l'identité acadienne. Cependant, ce fut surtout un niveau de vie relativement élevé qui contribua à fondre l'expérience individuelle dans une identité collective. Les récompenses du travail incessant des hommes, femmes et enfants devinrent légendaires. La nourriture était variée et copieuse. Sauf quelques rares exceptions, l'abondance de la viande et du blé en permettait l'exportation[82]. On élevait du bétail, des moutons, des porcs et des poules, et on récoltait le blé, le seigle, les pois et les choux. Plusieurs documents témoignent de la richesse des jardins et vergers acadiens. En 1699, par exemple, Dièreville

77. *Ibid.*, p. 40.
78. D.C. Milligan, *Maritime Dykelands: The 350 Year Struggle* (Halifax, 1987) ; voir aussi un numéro spécial des *Cahiers de la Société historique acadienne*, 19 (janvier-juin 1988).
79. Dupont, *Histoire populaire de l'Acadie*, p. 310.
80. Avec du bois et de la glaise, on construisait des digues très étanches dans lesquelles étaient ajustées des boîtes fermées à chaque bout d'un clapet qui permettait l'écoulement de l'eau des marais et empêchait l'entrée de l'eau de mer. « Aboiteau » désigne d'abord le clapet, mais finit par désigner l'ensemble de la digue. Il s'agit d'un terme acadien, ne figurant pas dans le lexique québécois et rarement dans des dictionnaires d'origine française.
81. Dupont, *Histoire populaire*, p. 310-313.
82. Clark, *Acadia*, p. 324-325.

remarqua la variété des légumes : betteraves, oignons, carottes, ciboulette, échalotes, navets, panais, et toutes sortes de salades[83]. En 1757, le capitaine John Knox nota en particulier les vergers composés de pommiers, de poiriers, de cerisiers et de pruniers[84]. Le poisson et le gibier abondaient. Les Acadiens avaient l'habitude de boire du lait. Dans son journal, Hale nota quelques menus : un repas du soir comprenait « *bonyclabber* [un plat à base de babeurre, ressemblant à du lait caillé et parfois servi avec des flocons d'avoine], soupe, salade, alose rotie, pain et beurre ». Le deuxième repas était composé de « mouton rôti, sauce et salade, mélangée au *bonyclabber* additionné de mélasse[85] ». On pouvait se procurer de l'alcool, du rhum importé ou de contrebande, ainsi que du vin et du cidre qu'on fabriquait soi-même[86].

Une alimentation aussi variée dépendait d'efforts soutenus, tant pour les déplacements que pour les labours. Les Acadiens possédaient quelques chevaux ; cependant, ils avaient l'habitude de voyager à pied, en canot ou en petit bateau, de sorte que les chevaux n'étaient pas indispensables. En raison de leur grande puissance, les bœufs étaient aussi importants que les chevaux pour traîner et pour labourer. On labourait, semait, récoltait et broyait à la main avec des outils simples. La plupart de ces outils, faux et râteaux, marteaux et jantes pour les roues, étaient importés de Boston[87]. Il y avait quelques moulins, mais on employait aussi des meules. La plupart des maisons étaient dotées de fours et de cheminées. Cultiver un jardin exigeait une certaine résistance aux moustiques et aux autres insectes volants.

---

83. Une nouvelle édition du *Voyage à l'Acadie, 1699-1700* de Dièreville avec une introduction et des notes par Melvin Gallant, a été publiée dans *Les Cahiers de la Société historique acadienne*, 16 (sept.-déc. 1985).
84. A.G. Doughty (sous la direction de), *An Historical Journal of the Campaigns in North America for the Years 1757, 1758, 1759 and 1760, by Captain John Knox*, 3 vol. (Toronto, 1914-16), 1 : p. 105.
85. Hale, « A Voyage to Nova Scotia », p. 233.
86. Un visiteur ecclésiastique déplora le temps excessif que les Acadiens passaient dans les tavernes, même aux heures des messes. H. Têtu et C.O. Gagnon (sous la direction de), *Mandements, lettres pastorales et circulaires des évêques de Québec* (1887), p. 15.
87. Sur l'histoire matérielle, les meilleures sources sont actuellement les publications de Jean-Claude Dupont et de Parcs Canada. De nouveaux ouvrages ne cessent de paraître : voir par exemple Frédéric Landry, *Pêcheurs de métiers* (îles de la Madeleine, 1987).

Dans la cuisine étaient préparés non seulement les repas quotidiens mais aussi les conserves pour les mois d'hiver. On engrangeait les racines alimentaires et les pommes ; par contre, on laissait les choux dans les champs en attendant de les consommer. Deux ou trois ménages se réunissaient pour l'abattage du gros bétail, ce qui assurait de la viande fraîche sans gaspillage. Dans tous les domaines, l'abondance n'était assurée qu'au prix d'un travail acharné.

En général, la mort frappait surtout les aînés. Le taux de survivance des enfants était élevé ; en effet, les épidémies de petite vérole, de typhoïde, de scarlatine, de choléra et de polio étaient inconnues. Plusieurs générations coexistaient dans une communauté ne souffrant ni de famine ni de pénurie.

Nous possédons encore peu de renseignements sur la composition de la maisonnée. Par exemple, la maison abritait-elle plus d'une famille ? Les maisonnées comprenaient-elles les familles de frères et sœurs et leurs époux ? Les grands-parents se déplaçaient-ils entre les maisons de leurs enfants ou logeaient-ils en permanence chez l'enfant aîné ? Ces détails sont cependant moins importants que le fait d'une collectivité dont les ressources assuraient la naissance et la croissance d'enfants bien nourris, la survivance des femmes en couches et celle des hommes qui ne risquaient que des accidents de travail plutôt que le carnage de la guerre.

Il va sans dire que les Acadiens subissaient parfois des accidents plus ou moins graves ; par ailleurs, le froid et les tempêtes d'hiver pouvaient être mortels. En outre, des maladies telles que l'arthrite frappaient des corps souvent épuisés par un travail sans répit. Enfin, l'abondance n'empêchait pas le dénuement des plus pauvres. Cependant, entre 1710 (année de la défaite de la colonie par des troupes venues de Nouvelle-Angleterre) et 1744 (année où les soldats venus de Louisbourg amenèrent la guerre anglo-française à Grand-Pré et à Annapolis), les Acadiens connurent sans aucun doute un âge d'or.

Au cours de ces décennies, la vie ne se limita pas à sa dimension matérielle et aux problèmes pratiques de politique et de sécurité économique. La culture fut tout aussi importante. Le tissage incorporait des couleurs aux vêtements et à l'ameublement. On dansait et chantait. Pendant la messe du dimanche, un ecclésiastique récusa les abus d'alcool commis par des Acadiens et condamna également les veillées traditionnelles – « les assemblees nocturnes » – et les « chansons lascives[88] ». On racontait des histoires et des légendes[89]. On fabriquait des jouets pour les enfants et on créait des décorations pour les outils d'usage fréquent. Une part importante de cette activité artistique évolua dans le contexte de la religion, que nous examinerons dans le chapitre suivant. Nul doute que le catholicisme joua un rôle important dans la formation des croyances et dans la vie collective et privée. Cependant, ce n'est qu'une composante d'une identité complexe, et non le trait dominant.

À la fin des années 1730, les Acadiens constituaient la société dominante de la Nouvelle-Écosse et entamaient une période de croissance rapide. La puissance de leur sens collectif devait se manifester au cours des années d'exil, par le refus catégorique de toute assimilation aux autres cultures.

---

88. Têtu et Gagnon, *Mandements*, p. 16.
89. Voir surtout Antonine Maillet, *Rabelais et les traditions populaires en Acadie* (Québec, 1971).

CHAPITRE III

Le déracinement d'une communauté, 1748-1755

Dans les chapitres précédents, nous avons souligné la complexité de l'évolution de la société acadienne et la nécessité de parfaire nos connaissances par des études approfondies de plusieurs aspects de son histoire. Nous avons examiné les polarités marquant cette évolution : d'une part le contexte mondial et d'autre part la communauté acadienne elle-même. Non seulement de nombreux aspects de cette communauté se retrouvent dans d'autres sociétés immigrées d'Amérique du Nord, mais on peut affirmer que les traits propres à l'Acadie découlent du fait de l'existence de ces autres sociétés. De plus, l'émergence de l'Acadie fait partie intégrante de l'histoire de la migration européenne vers l'Amérique du Nord, et son évolution s'insère dans le contexte de l'histoire du continent nord-américain et de l'Europe. Néanmoins, l'Acadie n'est ni le Québec ni la Nouvelle-Angleterre, et la vie acadienne ne se résume pas à la simple transposition des coutumes européennes. Il y a une expérience acadienne unique, résultat non seulement du mélange particulier d'immigrés européens, mais de l'environnement physique et de l'influence des Micmacs et des Malécites qui habitaient déjà ces terres. Au tournant du XVIIIe siècle, la vie acadienne était celle d'une société distincte, où les problèmes entraînés par les conditions locales furent résolus par des méthodes spécifiquement acadiennes.

Au cours des premières décennies de la colonie, les forces extérieures jouèrent inévitablement un rôle prépondérant dans l'évolution de ces établissements relativement fragiles. En même temps, la vigueur de la communauté augmenta au rythme de sa croissance. Entre 1748 et 1756, l'histoire acadienne fut déterminée par un équilibre de forces, tant externes qu'internes. Cette époque traumatisante, celle de l'exil et de la proscription, fut dominée par une guerre mondiale provoquée par la rivalité impériale qui opposait la France et l'Angleterre. La nature de la communauté acadienne et la force collective qui l'animait permirent aux Acadiens de survivre aux années de la Déportation tout en préservant une identité et une certaine cohésion sociale au cours de l'exil, pour enfin reprendre racine dans le même sol après une génération de bouleversements.

En ce qui concerne la Déportation, les idées reçues tiennent plutôt de la légende que de l'histoire. En effet, ce qui ressort de l'étude des années 1748 à 1784, traitées dans le présent chapitre et le suivant, c'est plutôt la complexité de l'histoire acadienne. Si les Acadiens n'avaient été qu'un peuple simple et dévot, victimes ignorantes de politiques impériales que la naïveté les empêchait de comprendre, ils n'auraient jamais survécu à la tentative de destruction menée entre 1755 et 1764[1]. Par conséquent, il importe tout d'abord de comprendre la réalité de cette politique, visant non pas l'extermination physique des Acadiens, mais la suppression de toute idée de communauté acadienne. Charles Lawrence, lieutenant-gouverneur de la Nouvelle-Écosse en 1755 et premier responsable du sort des Acadiens, ne laissa aucun doute quant à ses intentions[2]. Dans un circulaire envoyé de Halifax le 11 août 1755[3] aux autres gouverneurs de colonies anglaises en Amérique du Nord, il annonça la Déportation des Acadiens. Après avoir justifié cette mesure, il affirma que

> [...] il n'y a pas d'autre moyen praticable que de répartir les Acadiens parmi les colonies où ils pourront être utiles ; car c'est un peuple fort et en bonne santé. Dans l'impossibilité de se rassembler à nouveau, ils ne pourront plus nous faire de

---

1. Le débat a suscité de très nombreux ouvrages. Les principaux arguments sont résumés dans N.E.S. Griffiths, *The Acadian Deportation: Deliberate Perfidy or Cruel Necessity?* (Toronto, 1969).
2. Il ne s'agit pas d'attribuer la responsabilité de la Déportation, mais de souligner le fait que ce fut Lawrence qui accepta la viabilité de cette politique et qui, de 1755 jusqu'à sa mort en 1760, l'initia et en poursuivit l'application.
3. « Circular letter from Governor Lawrence to the Governors on the Continent », *Report Concerning Canadian Archives for the Year 1905*, 3 vol. (Ottawa, ANC, 1906), II, 3 : app. B, p. 15-16.

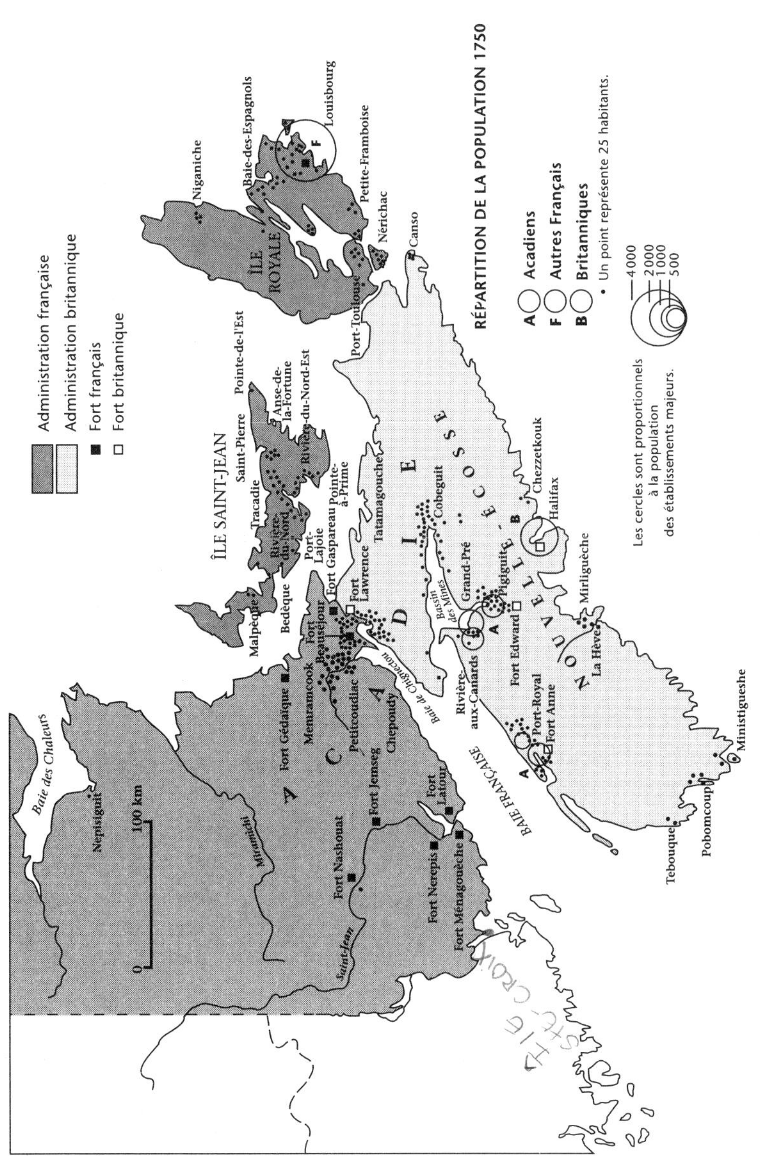

Répartition de la population dans l'Acadie, 1750.

> tort ; plus tard ils deviendront peut-être des sujets profitables et même fidèles.

Les Acadiens devaient être exilés de ces terres dont ils se croyaient propriétaires, et répartis entre les autres sociétés coloniales anglaises où il leur serait impossible de reconstituer une communauté distincte. Dans chaque colonie, du Massachusetts à la Géorgie, ils devaient être assimilés et fondus dans la majorité. Quant à la prétendue homogénéité des autres colonies de l'Amérique du Nord britannique, Lawrence se trompait ; par exemple, il ignorait complètement l'existence de groupes distincts tels que les Allemands de Pennsylvanie ou les Irlando-Écossais du Connecticut[4]. Cependant, son objectif principal était clair et sa décision sans équivoque : en tant que société distincte, les Acadiens devaient disparaître au sens politique et civique, assimilés par la culture majoritaire.

Chose étonnante, Lawrence échoua. Il est vrai que de nombreux Acadiens périrent, tandis que d'autres furent assimilés. Néanmoins, une identité collective persista, favorisée par certaines conditions de l'exil et de la proscription, mais surtout par les traits saillants de la communauté avant 1755. Ce sont justement ces traits collectifs qui expliquent l'échec de la Déportation.

En ce qui concerne la population acadienne de 1755, les chiffres sont encore mal connus, malgré les excellents travaux de Jean Daigle et Robert LeBlanc, publiés dans le premier volume de l'*Atlas historique du Canada*[5]. Les chiffres exacts – 15 000, 18 000 ou même 20 000 – sont toutefois moins importants que notre connaissance des centres où la population était concentrée et les directions que prenait son expansion géographique.

En 1755, les établissements plus anciens fondés au cours des années 1630 dans les environs d'Annapolis Royal, du cap Sable et de La Hève, étaient bien moins importants que ceux du bassin des

4. Il existe de nombreuses études portant sur l'époque coloniale en Amérique du Nord britannique. Sur cette question, voir en particulier Walter Allen Knittle, *Early Eighteenth Century Palatine Emigration: A British Government Redemptioner Project to Manufacture Naval Stores* (Baltimore, 1970) ; et N.D. Landsman, *Scotland and Its First American Colony, 1683-1675* (Princeton, 1985), surtout le chapitre 6, « A Scots' Settlement or an English Settlement: Cultural Conflict and the Establishment of Ethnic Identity », p. 163 ss.
5. Jean Daigle et Robert LeBlanc, dans R. Cole Harris (sous la direction de), *Atlas historique du Canada*, vol. 1, Presses de l'Université de Montréal, 1987, planche 30.

Mines et de Chignectou, qui datent des années 1670 et 1680. La population acadienne d'Annapolis comptait environ 2 000 personnes en 1755, tandis que les autres établissements – cap Sable et La Hève – en comptaient au plus 400[6]. Les centres les plus peuplés se trouvaient entre le bassin des Mines et les vallées de la Memramcook, de la Petitcodiac et de la Chipoudie. Le long du bassin des Mines, des établissements situés entre Blomidon et Cobequid (Truro) remontaient aux années 1680. En 1755 ces établissements comptaient 5 000 personnes[7].

De même, les familles de Beaubassin habitaient des terres qui avaient été colonisées à la même époque que celles du bassin des Mines ; depuis les collines qui deviendraient les sites de Sackville et d'Amherst, leurs maisons donnaient sur le bassin de Chignectou. Lors d'une visite en 1686, Monseigneur Saint-Vallier trouva la région charmante et évalua à 150 les habitants de la rive de ce qu'il appela « un des plus beaux havres du monds[8] ». En 1755 la région comptait environ 3 000 habitants[9].

Les établissements les plus récents étaient ceux de la région des « trois-rivières » : la Chipoudie, la Petitcodiac et la Memramcook[10]. À partir de 1731, de petits hameaux furent établis à mesure que les Blanchard, les Léger, les Dubois et d'autres familles arrivèrent du bassin des Mines, tout comme leurs ancêtres étaient arrivés aux Mines après avoir quitté les établissements de Port-Royal. Ces établissements furent le résultat de l'expansion

---

6. Selon un rapport sur les établissements acadiens ordonné par le gouvernement français en 1748, la population de Port-Royal comptait 2 000 communiants. Ce rapport, dont l'original est conservé aux Archives de la Marine à Paris, est publié dans *Le Canada français* (1889), 1 : p. 44. J'avance ces chiffres non sans hésitation. Selon le document conservé aux Archives de la Marine, la population de ces établissements s'élevait à 90 familles, soit environ 450 personnes. Mes propres estimations proviennent des registres de la Déportation plutôt que des registres paroissiaux, et doivent êtres vérifiées. Aussi, il est intéressant de noter que, à cause de l'importance du bassin des Mines et de l'isthme de Chignectou, la population des établissements plus anciens (par exemple Port-Royal) a été relativement moins étudiée.
7. Selon *Le Canada français*, la population s'élevait à 4 850, ce qui me paraît un minimum.
8. H. Têtu et C.O. Gagnon (sous la direction de), *Mandements, lettres pastorales et circulaires des évêques de Québec* (1887), « Voyage de Saint-Vallier », p. 216.
9. D'après *Le Canada français*, la population s'élève à 2 500 personnes ; ce chiffre comprend peut-être les populations des régions de la Memramcook, de la Petitcodiac et de la Chipoudie.
10. Je suis redevable à l'ouvrage récent de Paul Surette, *Petitcodiac : colonisation et destruction, 1731-1755* (Moncton, 1988).

la plus importante après 1730. En 1755, la population de ces vallées fluviales comptait sans doute entre 200 et 300 personnes.

Ces établissements ne représentaient pas la totalité de la population acadienne de 1755. De la baie des Chaleurs jusqu'à la baie Verte, des Acadiens s'étaient installés le long de la côte sur des sites dont l'exploration datait des années 1630 et 1640, à l'époque de Nicolas Denys. Les établissements les plus importants, situés autour de l'embouchure de la Miramichi, à Cocagne et à Shédiac, étaient soumis à l'influence des marées. Bien qu'il y ait un débat entourant une présence acadienne permanente aux îles de la Madeleine à l'époque, il semblerait certain que cette région constituait un site de pêche pour les Acadiens et les Micmacs[11]. Il faut noter aussi la présence acadienne à Canso et le long de la vallée du Saint-Jean jusqu'à Jemseg. En même temps que des nouveaux immigrés français, des Acadiens s'étaient installés dans l'île Saint-Jean et dans quelques régions de l'île Royale. Parents des Acadiens des centres plus importants et aussi liés par le commerce, les coutumes, la langue, la religion et une expérience commune, leur nombre s'élevait à environ 3 000.

L'évolution démographique de l'Acadie ne différait guère de celle du reste de l'Amérique du Nord à l'époque coloniale. La croissance de la population, de 3 000 en 1713 à au moins 15 000 en 1755, était à peine plus rapide que celle des autres colonies. Par ailleurs, comme le fait remarquer Jim Potter, « d'une colonie à l'autre, les taux de croissance variaient beaucoup à différentes périodes[12] ». Par exemple, au XVIIIe siècle la croissance moyenne sur 10 ans était de 27 p. 100 en Nouvelle-Angleterre. Les études portant sur l'Acadie sont encore incomplètes, mais on peut supposer que le taux de croissance ne dépassa pas celui de la Nouvelle-Angleterre[13]. Parallèlement, on constate des ressemblances entre l'expansion géographique des Acadiens et celles des populations

11. Aliette Geistdorfer, *Pêcheurs acadiens, pêcheurs madelinots : ethnologie d'une communauté de pêcheurs* (Québec, 1987) ; Frédéric Landry, *Pêcheurs de métier* (îles de la Madeleine, 1987) ; et Charles A. Martijn (sous la direction de), *Les Micmacs et la mer* (Montréal, 1986).
12. Jim Potter, « Demographic Development and Family Structure », dans Jack P. Greene et J.R. Pole (sous la direction de), *Colonial British America: Essays in the New History of the Modern Early Era* (Baltimore, 1984), p. 139.
13. Sur l'accroissement des populations, voir F. Ouellet, « L'accroissement naturel de la population catholique québécoise avant 1850 : aperçus historiques et quantitatifs », *L'Actualité économique : revue d'analyses économiques*, 59, n° 3 (1983).

du Québec, du Maine et d'autres colonies de la Nouvelle-Angleterre. En Acadie, cette expansion partait du bassin d'Annapolis pour se diriger vers les vallées fluviales, les marais de la baie de Fundy et la côte atlantique, aux embouchures des rivières.

Au sein de la colonie, le modèle de l'établissement variait autant qu'en Nouvelle-France. Au XVIIIe siècle, par exemple, Kamouraska, Québec et Montréal étaient caractérisés par autant de différences que de ressemblances. De même, comme nous l'avons montré au chapitre précédent, la vie acadienne manifestait des différences subtiles selon la région, malgré les similarités indubitables. Dans la vallée de l'Annapolis, par exemple, la vie était dominée par l'agriculture, la chasse et la pêche ; néanmoins, un certain nombre d'habitants jouaient un rôle dans l'administration et les déplacements des fonctionnaires. Quelques-uns furent pilotes des bateaux arrivant d'Angleterre, d'autres faisaient partie de la minuscule bureaucratie[14]. La population vivait aussi du commerce et de quelques petites industries du bois ou du textile.

L'existence des habitants du bassin des Mines était dominée par la construction des digues et par une agriculture assez importante pour permettre l'exportation, non seulement à l'intérieur de la colonie, mais vers Louisbourg et Boston[15]. Quelques indices permettent même de croire en l'existence du commerce avec les îles Caraïbes[16]. La vie de la région était donc très différente de celle des habitants de la côte atlantique au nord du cap Tourmentin ou de ceux récemment arrivés dans l'île Saint-Jean. À propos de Mirligueche, un de ces avant-postes, Jean-Louis Le Loutre écrivit que les habitants n'étaient guère plus qu'un mélange « d'Acadiens et [...] de Sauvages[17] ». De tels établissements vivaient de la chasse et de la pêche et d'une agriculture de subsistance sans importance commerciale.

Comme ce fut le cas dans les autres colonies d'Amérique du Nord, la société acadienne fut fortifiée par une grande variété de

14. Un Acadien fut clerc des juges de paix. Voir J.B. Brebner, *New England's Outpost* (New York, 1927), p. 150.
15. Clark, *Acadia: The Geography of Nova Scotia* (Madison, 1968), p. 230 ss.
16. Capitaine Charles Morris, « A Brief Survey of Nova Scotia », ANC, MG18, D10, cap. 5, p. 4.
17. « Biographie de Jean-Louis Le Loutre », Archives départementales de la Vendée, Papiers Lanco, vol. 371, p. 2.

modes de vie[18]. Malgré les différences entre les établissements, certains facteurs tendaient à unifier les habitants d'une même colonie vers des objectifs communs. En raison de leur statut colonial particulièrement complexe, tous les Acadiens affrontaient les mêmes pressions externes. Le caractère distinct de la société acadienne trouvait ses origines dans l'impact des politiques impériales de la France et de l'Angleterre. L'alternance des administrations françaises et anglaises, dont chacune gouverna pendant de longues périodes, entraîna chez les Acadiens une politique de neutralité qui leur était particulière. À tour de rôle, la France et l'Angleterre s'efforcèrent de contrôler le territoire acadien ; leurs tentatives furent accompagnées de commissions internationales des frontières et de la mise en place d'installations militaires. Par exemple, à la fondation de Louisbourg et de Beauséjour par les Français, les Anglais répondirent par l'établissement d'Halifax et la construction des forts Lawrence et Edward. En effet, en Amérique du Nord, l'espace vital des Acadiens fut un des principaux lieux de rencontre des ambitions territoriales de la France et de l'Angleterre.

Nous avons déjà souligné l'importance de l'expérience de peuple frontalier pour l'évolution de l'identité acadienne[19]. De plus, il faut reconnaître les fluctuations du statut politique de cette frontière. Au XVIIe siècle et jusqu'aux années 1740, « l'Acadie ou la Nouvelle-Écosse » fut l'une des jonctions les plus importantes des revendications territoriales anglo-françaises. Faisant partie de la frontière qui séparait deux empires, la colonie subit de nombreuses escarmouches qui entravèrent le développement des établissements. Cependant, avant 1744, « l'Acadie ou la Nouvelle-Écosse » ne fut jamais un champ de bataille. Ce n'est qu'à partir de 1744 qu'un épisode de la guerre entre deux empires fit pénétrer le conflit jusqu'au cœur du territoire acadien. Les historiens militaires

---

18. Notre connaissance de la richesse de la vie acadienne sera approfondie par les fouilles en cours dans le marais de Bellisle, ainsi que par les travaux d'Azor Vienneau en préparation du film, « Premières Terres acadiennes », qui viennent compléter les travaux déjà effectués pour la création du Village historique acadien à Bertrand, près de Caraquet. La lecture de Jean-Claude Dupont, *Histoire d'Acadie* (Moncton, 1977), et Dupont, *Histoire populaire de l'Acadie* (Moncton, 1979), exige une certaine prudence : en effet, il faut tenir compte du fait que ces ouvrages ne portent pas de façon constante sur les mêmes époques et les mêmes endroits.
19. N.E.S. Griffiths, *Creation of a People* (Toronto, 1973) ; et Griffiths, « The Acadians », *DBC*, 4 : p. xxvii-xxxiii.

ont noté que, à partir du début des années 1740, la rivière Missaquash était la frontière réelle entre les zones d'influence anglaise et française[20]. Au cours de l'expansion territoriale, à l'époque où la colonie était le lieu de rencontre de deux empires, les Acadiens n'avaient tenu aucun compte de cette frontière. Même au moment où la colonie devint le champ de bataille des forces impériales opposées, cette situation ne changea pas.

Aux yeux de Londres et de Paris, comme des fonctionnaires de la Nouvelle-Angleterre et de la Nouvelle-France, l'Acadie et ses habitants étaient une ressource disputée. Les deux puissances impériales revendiquaient le contrôle du territoire ; aussi, elles considéraient la population mâle comme une ressource militaire éventuelle[21]. Somme toute, l'Acadie était vue comme une colonie, ce qui était sans doute légitime, du moins en partie. Cependant, loin de constituer le fait central de la vie acadienne, ce statut colonial n'en était qu'un aspect parmi d'autres. Même le système de délégués, instauré par les Anglais uniquement pour communiquer leur ordres aux établissements éloignés les uns des autres[22], tendait à renforcer le sentiment de l'indépendance des Acadiens. Depuis 1710, les délégués qui avaient été choisis initialement pour transmettre les directives officielles émanant d'Annapolis Royal, étaient eux-mêmes devenus fonctionnaires. En outre, les délégués, et non le clergé, étaient devenus les arbitres indispensables de la vie collective. De temps en temps ils servaient de constables et d'officiers de la cour ; cependant, ils étaient plus souvent

> greffiers-généraux pour leur district, enregistrant les titres, ventes et autres transferts, les contrats de mariage et des héritages, récompensés par une commission de 15 p. 100 sur les redevances seigneuriales et par des honoraires modestes sur l'établissement des titres[23].

Grâce à ces structures, les Acadiens purent acquérir une expérience considérable de l'administration de leurs propres affaires.

20. George F. Stanley, *New France: The Last Phase, 1744-1760* (Toronto, 1968), p. 74-75.
21. Ces suppositions ne fournissent aucune indication quant aux attitudes des Acadiens. Duvivier attribua l'échec des expéditions de 1744 à la neutralité des Acadiens. Voir Griffiths, « The Acadians ». De part et d'autre, les responsables des politiques anglaises et françaises considéraient que les hommes acadiens constituaient une force militaire éventuelle.
22. Brebner, *New England's Outpost*, p. 62 et 149 ss.
23. *Ibid.*, p. 152.

Bien que nous ne sachions pas quel était le nombre exact des délégués, nous savons que, avant la Déportation, les Acadiens étaient habitués à se faire représenter auprès de ceux qui les gouvernaient. Par conséquent, ils s'estimaient dotés de droits politiques importants, même sans être tout à fait indépendants.

De plus, la structure de la vie quotidienne était renforcée par le fait que, comme dans la plupart des colonies nord-américaines, la famille était l'institution sociale la plus importante[24]. Pour la plupart des Acadiens, la cellule familiale et la maisonnée étaient non seulement le fondement de leur quotidien, mais elles déterminaient aussi leurs rapports avec l'ensemble de la communauté et le monde du travail[25]. Qu'il s'agisse de la vie agricole traditionnelle de la vallée de l'Annapolis, de l'économie mixte fondée sur le commerce et l'agriculture typique du bassin des Mines, des nouveaux modes de vie expérimentés dans la région des trois-rivières, ou des établissements de Beaubassin et des avant-postes acadiens situés à l'embouchure de la Miramichi ou à Mirligueche, l'importance de la famille ne fait pas de doute. En effet, dans les deux principaux domaines de la vie acadienne, la propriété et la religion, le rôle primordial était joué par les rapports de parenté.

Examinons d'abord ces liens qui, au sein des communautés acadiennes et entre elles, constituaient un réseau étroit sans être un tissu imperméable. Avant et après la Déportation, les nouveaux venus étaient assimilés sans difficulté. Comme nous l'avons démontré au chapitre précédent, même dans les paroisses plus anciennes telles qu'Annapolis, les Mines et Beaubassin, les nouveaux

24. « On exagère à peine en soulignant le rôle primordial de la famille dans l'organisation sociale et économique du Massachusetts, jusqu'à la fin du XVIIIe siècle [...] À défaut de fonction publique, d'armée et de police, la famille devenait l'instrument des politiques d'état [...] Elle était aussi le centre de toute activité économique, en l'absence de banques, de compagnies d'assurance, de sociétés commerciales et d'autres organismes comparables. » P.D. Hall, « Family Structure and Economic Organization: Massachusetts Merchants, 1700-1850 », dans T. Hareven (sous la direction de), *Family and Kin in Urban Communities, 1700-1930* (New York, 1977), p. 39.

25. Le rapport entre la cellule familiale et la maisonnée est une des questions les plus intéressantes du domaine de l'histoire de la famille. Voir Michael Mitterauer et Reinhard Sieder, *The European Family Patriarchy to Partnership* (Chicago, 1983). En examinant l'évolution de la structure de la maisonnée, cet ouvrage jette les bases d'une analyse détaillée des rapports de parenté existant à l'intérieur de la maisonnée acadienne, ainsi que les relations entre les maisonnées à l'intérieur de l'établissement et les liens entre les établissements.

venus constituaient un pourcentage important des partenaires dans les mariages[26]. Dans n'importe quel hameau ou village, il existait un réseau complexe de mariages ; les frères d'une même famille épousant des sœurs issues d'une autre ou encore des mariages entre cousins issus de germains, théoriquement interdits à l'époque. Cependant, ces réseaux co-existaient avec des familles n'ayant aucun lien de parenté avec leurs voisins. On a peu étudié les structures familiales des villages acadiens pour les comparer à celles du sud-ouest de la France, de la Nouvelle-Angleterre ou de la vallée du Saint-Laurent. Comme partout ailleurs en Amérique du Nord britannique, on ne peut cependant douter de la solidité de la famille acadienne en 1755, ni de son importance pour la solidarité collective.

La cellule familiale et la maisonnée étaient les arbitres économiques de la communauté. Ces structures étaient d'autant plus puissantes que les autorités exerçaient peu de contrôle sur l'exploration et la colonisation des territoires nouveaux. À partir de 1713, les concessions étaient accordées directement aux individus, et dans de nombreux établissements les Acadiens s'acquittaient de *quit-rents*[27] pour leur propriété. Cependant, tant que les Acadiens refusaient de prêter un serment d'allégeance inconditionnel, les autorités d'Annapolis et plus tard celles d'Halifax répugnaient à accorder des titres de propriété incontestables[28]. Par conséquent, la confusion régnait. Néanmoins, à Annapolis on enregistrait les titres et on jugeait les procès intentés entre Acadiens[29]. Au même moment, surtout dans la région des trois-rivières, les Acadiens « [prirent] possession de vastes terres qu'ils développèrent[30] », refusant

26. Clark, *Acadia*, p. 203-204.
27. Les listes de *quit-rents* acquittés au cours des années 1750, à Grand-Pré et ailleurs, se trouvent dans les Brown Manuscripts, « Papers relating to Nova Scotia, 1720-1791 », additional Mss. 19071, f. 138-148, British Museum. Une des meilleures analyses des revendications acadiennes se trouve dans Winthrop Pickard Bell, *The "Foreign Protestants" and the Settlement of Nova Scotia* (Toronto, 1961), p. 79 et les notes, p. 80-83.
28. Clark, *Acadia*, p. 197.
29. Voir entre autres « Petition of Reny and François Leblanc Against Antoine Landry », Council Minutes, Garrison of Annapolis Royal, 7th January 1731/2, PANS, *Original Minutes of His Majesty's Council at Annapolis Royal, 1720-1739* (Halifax, 1908), p. 207.
30. PANS, *Nova Scotia Archives II: A Calendar of Two Letter-books and One Commission Book in the Possession of the Government of Nova Scotia* (Halifax, 1900), p. 221.

de tenir compte des ordres de la Couronne qui les revendiquait comme réserves de bois d'abattage. Selon Paul Surette, les premiers colons à s'établir dans la région de l'actuel Moncton-Dieppe furent deux familles liées par des mariages[31]. La disposition de ces hameaux le long de la Petitcodiac dépendait des accords entre les habitants eux-mêmes, plutôt que de documents d'arpentage et de concessions officiels. En général, c'étaient les familles qui décidaient des limites territoriales et qui déterminaient la disposition des nouveaux établissements.

Dans le domaine de la croyance religieuse, le rôle de la cellule familiale fut tout aussi important. En effet, c'était dans les pratiques quotidiennes familiales que la vie catholique puisait sa réalité. Peu d'établissements comptaient un prêtre résidant sur place. En 1748, il n'y avait que cinq prêtres en fonction, à part Le Loutre, prêtre ambulant se consacrant surtout aux Micmacs. En outre, il y avait de Miniac, « incommodé de la vue », de la Goudalie, « âgé et un peu sourd », et Desenclaves, « épuisé de la poitrine ». Apparemment, seuls les prêtres Chauvreulx et Girard étaient en bonne santé[32]. Au fond, chaque établissement acadien pouvait compter sur une visite pastorale annuelle, et la plupart du temps un prêtre résidait dans chacune des régions les plus importantes – la vallée de l'Annapolis, le bassin des Mines et Beaubassin. Seuls les habitants demeurant à proximité d'une des principales églises pouvaient bénéficier de la messe du dimanche. Quant aux mariages et aux baptêmes, ils n'étaient bénis que lors d'une visite pastorale ; cette pratique était courante chez les Catholiques au XVIIIe siècle. Une étude approfondie des pratiques religieuses acadiennes comblerait bien des lacunes ; il serait indispensable d'exploiter des archives, y compris celles de l'archidiocèse de Québec, au lieu de se contenter des mythes véhiculés aux XIXe et XXe siècles[33]. Il ne s'agit pas de mettre en doute la foi des Acadiens que de faire remarquer qu'avant 1755, ils avaient moins

---

31. Paul Surette, *Petitcodiac*, p. 17. L'auteur définit le mariage uniquement par rapport aux mâles, négligeant ainsi la complexité des liens existant entre les maisonnées.
32. « Description de l'Acadie avec le nombre des paroisses et le nombre des habitants – 1748 », *Le Canada français*, 1 : p. 44.
33. Dans son ouvrage, *Apôtres ou agitateurs : la France missionnaire en Acadie* (Québec, 1970), Micheline Dumont Johnson analyse l'influence des prêtres sur les Acadiens du XVIIIe siècle.

accès aux rites de l'Église qu'après 1830 et que leur interprétation du catholicisme était basée autant sur la croyance individuelle que sur une discipline cléricale imposée. De fait, tout au long de l'exil au milieu de communautés dont la plupart étaient protestantes, ce fut surtout la foi catholique, vécue en famille, qui assura la survie acadienne.

Malgré le grand intérêt pour la généalogie qui caractérise les études acadiennes, on constate que le rôle primordial de la famille dans la société acadienne a été inexplicablement négligé[34]. Les archives sont rarement exploitées pour préciser le rôle continu joué par certaines familles[35]. Par exemple, dans tous les établissements, bon nombre de notaires et de délégués étaient membres de la famille Leblanc ; leurs rapports avec les intérêts anglais étaient-ils exceptionnels ? Que pouvons-nous apprendre sur la stratification économique par une analyse de l'étendue des propriétés individuelles, du nombre et de l'importance des troupeaux ? Des études portant sur ces questions combleraient bien des lacunes[36], de même que celles permettant d'établir le rôle du commerce, de la chasse et de la pêche dans chacune des communautés acadiennes[37]. Actuellement, nous ne pouvons qu'esquisser les grandes lignes de la vie acadienne à la veille de la Déportation.

---

34. Voir par exemple les travaux en cours de Stephen White (voir ci-dessus, chapitre 1, note 33) ; Placide Gaudet, « Généalogies des familles acadiennes, accompagnées de documents », *Report Concerning Canadian Archives for the Year 1905* ; et Bona Arsenault, *Histoire et généalogie des Acadiens* (Québec, 1965).
35. Dans le cadre d'un doctorat de l'Université Laval, Maurice Basque entreprend une étude des élites acadiennes à l'époque coloniale, qui fournira des renseignements sur la hiérarchie sociale de l'époque.
36. Ce travail exige une analyse minutieuse d'une grande variété d'archives ; cependant, il existe des documents pertinents, permettant d'étudier l'organisation de la propriété. Les avances théoriques dans le domaine des études familiales doivent être exploitées pour éclaircir des questions telles que la stratification économique, l'activité économique dans le cadre de la maisonnée, le renforcement de l'éducation et du bien-être social par des attitudes politiques. Voir John Demos, *Past, Present and Personal: The Family and Life Course in American History* (Oxford, 1986) ; et Tamara Hareven et Andrejs Plakens (sous la direction de), *Family History at the Crossroads: A Journal of Family History Reader* (Princeton, 1987).
37. Nous possédons, par exemple, des documents portant sur le bétail, le bois et la farine exportés d'Acadie à destination de Louisbourg : en 1740, la valeur de ces exportations s'éleva à 26 940 £, y compris des fourrures et des peaux évaluées à 5 423 £. Pour la même année les exportations de Nouvelle-Angleterre à destination de Louisbourg s'élevèrent à 48 447 £, y compris des haches et hachettes d'une valeur de 4 448 £. Voir à ce sujet l'ouvrage de J.S. McLennan, *Louisbourg From Its Foundation To Its Fall, 1713-1758* (1918), qui contient des documents pertinents.

Néanmoins, il est clair qu'aux yeux de ceux qui gouvernaient les Acadiens en 1755, ces derniers constituaient une société distincte. Envoyé par Londres en 1749 pour gouverner « l'Acadie ou la Nouvelle-Écosse », Edward Cornwallis informa les délégués venus à sa rencontre que « il me semble que vous vous croyez indépendants à l'égard de tout gouvernement, et que vous souhaitez traiter avec le Roi comme si tel était le cas[38] ».

Le nouveau gouverneur avait raison. Nul doute qu'au milieu du XVIIIe siècle les Acadiens se considéraient comme un peuple. Par ailleurs, ils estimaient que ce statut leur conférait des droits politiques précis. Ce fut ainsi que, persuadés de jouir d'une position de force dans toute confrontation avec les autorités, militaires, civiles ou cléricales, anglaises ou françaises, les Acadiens élaborèrent leur politique. Même le 10 juin 1755, les habitants des Mines proposèrent de jurer « notre fidélité inconditionnelle à Sa Majesté, pourvu que Sa Majesté s'engage à nous garantir les libertés qu'Elle nous a déjà accordées[39] ». Ce sentiment d'une existence politique n'est pas étrangère à d'autres sociétés coloniales : en effet, il rappelle l'une des principales forces motrices de la Révolution américaine.

Même pendant la décennie tumultueuse qui précéda la Déportation, il est fort probable qu'aux yeux des Acadiens, l'exil demeura une éventualité lointaine. En élaborant leur stratégie, ils furent persuadés que, au pire, ils seraient renvoyés provisoirement en territoire français. En effet, dans la rhétorique des négociations entre les Anglais et les Acadiens, cette hypothèse d'une émigration acadienne figurait depuis 1713. Une telle démarche avait presque toujours été présentée comme un souhait acadien rejeté par les Anglais. Cependant, vers la fin de la guerre de Succession d'Autriche (connue en Amérique du Nord sous le nom de la guerre du roi Georges), Paul Mascarène, lieutenant-gouverneur de la Nouvelle-Écosse, nota dans un rapport les rumeurs circulant dans les établissements acadiens, prétendant qu'une « importante force militaire venait de Nouvelle-Angleterre pour les détruire ou

38. « Minutes of the Council, Wednesday the 6th of October, 1749 », T.B. Akins, *Selections from the Public Documents of the Province of Nova Scotia* (Halifax, 1869), p. 174.
39. *Ibid.*, « Minutes of the Council », p. 247.

les déporter[40] », et qu'on essayait par tous les moyens d'infirmer ces rumeurs. Au cours de l'automne 1746, le gouverneur Shirley du Massachusetts[41] affirma dans une proclamation que

> au nom de Sa Majesté, il ne doit y avoir aucune appréhension que les dits habitants de la Nouvelle-Écosse soient éloignés de force de leurs habitations et établissements ; au contraire, Sa Majesté est résolue à protéger et à maintenir dans la possession paisible de leurs habitations et établissements respectifs, et dans la jouissance de tous leurs droits et privilèges en tant que sujets de Sa Majesté, tous ceux ayant respecté leurs devoirs et leur allégeance, et qui continueront dans ce sens[42].

Les Acadiens étant persuadés d'avoir fait preuve adéquate de loyauté, il s'ensuivait qu'aux yeux de leurs délégués, aucune modification importante de la politique de neutralité indépendante n'était nécessaire après 1749.

En fait, quand le *traité d'Aix-la-Chapelle* eut mis fin aux hostilités entre la France et l'Angleterre en 1748, les rapports entre les Anglais et la plupart des établissements acadiens redevinrent ce qu'ils avaient été avant que les combats eussent ensanglanté la neige à Grand-Pré[43]. En 1749, les deux puissances amorcèrent la réorganisation immédiate de leurs forces armées, et l'Angleterre en particulier chercha à renforcer sa position en Amérique du Nord. Louisbourg avait été rendu à la France, soulevant un torrent de critiques émanant de Boston[44]. De nouvelles structures

---

40. « Mascarène to Newcastle, Annapolis Royal, 23rd January 1746-1747 », *Report for 1905*, II, 3 : app. C, p. 46.
41. Le Massachusetts joua un rôle complexe et important dans l'histoire de la Nouvelle-Écosse. Dans *New England's Outpost*, Brebner analyse les rapports entre les deux colonies dans le cadre de la politique impériale. L'ouvrage de George Rawlyk, *Nova Scotia's Massachusetts: A Study of Massachusetts-Nova Scotia Relations, 1630 to 1784* (Montréal, 1973), explore surtout les rapports complexes entre les colonies. Pour les besoins de la présente étude, il suffit de comprendre que les rapports entre les administrateurs du Massachusetts et de la Nouvelle-Écosse furent souvent une relation hiérarchique entre supérieur et subalterne.
42. « Enclosure in letter of 20th October, 1747, Mascarène to Newcastle », *Report for 1905*, II, 3 : app. C, p. 47.
43. L'impact des hostilités des années 1740 fait l'objet de nombreuses études. Voir en particulier R. Rumilly, *Histoire des Acadiens* (Montréal, 1955), 1 : p. 286-344, ainsi que G.F. Stanley, *New France*.
44. L'expression la plus mesurée de ces vues se trouve dans « Governor Shirley to the Duke of Bedford, February 18, 1748-1749 », PRO, NSA, p. 148-150. Plusieurs interprétations sont résumées dans Brebner, *New England's Outpost*, p. 118 ss. ; voir aussi L.H. Gipson, *The British Empire Before the American Revolution, Zones of International Friction: The Great Lakes Frontier, Canada, The West Indies, India, 1748-1754* (New York, 1942), 5 : p. 180.

furent mises en place pour gérer la fondation d'Halifax ainsi que l'installation de migrants protestants à Lunenburg[45]. L'Acadie devait être transformée en Nova Scotia, un avant-poste fiable de l'Empire britannique plutôt qu'une région dont les habitants ne manifestaient qu'une loyauté douteuse à l'égard de Sa Majesté britannique.

Edward Cornwallis assumera ses fonctions de gouverneur de la colonie le 21 juin 1749[46]. À bien des égards, il répondit aux attentes de ceux responsables de sa nomination ; néanmoins, il échoua dans sa tentative d'imposer un serment d'allégeance sans condition ni réserve qui exclura toute possibilité de neutralité acadienne en cas de conflit anglo-français[47]. Le 31 juillet 1749, les délégués réunis entendirent la proclamation dans laquelle Cornwallis réclama le serment inconditionnel. Le 6 septembre les Acadiens présentèrent au gouverneur et à son conseil une pétition en faveur du renouvellement du serment administré 20 ans auparavant par le gouverneur Philipps, serment qui à leur avis n'avait été ni renié par les Acadiens ni annulé par les Anglais. Au cas où la pétition serait refusée, les Acadiens s'engagèrent à quitter la colonie. La réponse de Cornwallis et de son administration fut la même que par le passé : l'inaction, interprétée par les Acadiens comme une acceptation tacite de leur proposition. Comme le fait remarquer Brebner, « les relations entre le gouverneur et les habitants semblaient de plus en plus figées dans un modèle hérité du passé[48] ». Vu les circonstances, il est peu probable que, même au printemps 1755, l'hypothèse de l'exil fût retenue par les Acadiens. Quoi qu'il en soit, la position acadienne à l'égard du serment ne semble avoir subi aucun changement entre 1749 et 1755.

La politique acadienne à l'égard des Anglais demeurait inchangée, du moins dans ses grandes lignes ; par contre, celle des Anglais évoluait. En effet, malgré la continuité officielle de la politique du serment, il y avait des différences fondamentales entre

45. Voir surtout l'ouvrage méticuleux de Winthrop Pickard Bell, *The "Foreign Protestants" and the Settlement of Nova Scotia*, déjà cité.
46. Murray Beck, « Edward Cornwallis », *DBC*, 4 : p. 182-186.
47. Voir *Report for 1905*, II, 3 : app. C, p. 49 ss. Dans *New England's Outpost*, p. 118 ss., Brebner présente une analyse détaillée des discussions survenues entre les Acadiens et Cornwallis. D'après lui, les Acadiens n'auraient pas compris les risques que comportait leur prise de position.
48. Brebner, *New England's Outpost*, p. 183.

les régimes de Mascarène et ses prédécesseurs, et ceux d'Edward Cornwallis et ses successeurs. Dans son chapitre intitulé « Pris entre duellistes », Brebner relate de façon saisissante la rencontre de Cornwallis, Mascarène et cinq conseillers. Cette rencontre se déroula le 12 juillet 1749 dans la baie Chebouctou, sur le pont du vaisseau *Beaufort*[49]. D'après Brebner, cette rencontre marqua le début d'une ère nouvelle dans la politique coloniale, qui devait « être poursuivie énergiquement et soutenue généreusement[50] ».

Cette nouvelle politique fut la conséquence directe du *traité d'Aix-la-Chapelle*, signé en 1748. Au cours des négociations, les diplomates anglais avaient rendu aux Français la « grande forteresse » Louisbourg et l'île Royale, moyennant des concessions accordées ailleurs. Vint ensuite la tentative anglaise de redresser l'équilibre des forces en Amérique du Nord britannique. La nouvelle politique comportait trois volets : l'établissement d'un bastion anglais sur la côte atlantique pour faire contre-poids à Louisbourg ; le renforcement de la présence militaire anglaise au sein des principaux établissements acadiens et enfin, un projet d'émigration assistée visant à attirer des Protestants. L'établissement d'Halifax fut le signe le plus important du nouveau régime. Clark, s'appuyant sur les fonds votés entre 1749 et 1753, qualifie les travaux de « un puits sans fond, jusqu'alors sans pareil en Amérique du Nord ». Les sommes votées furent de « 40 000 £ en 1749, 57 583 £ en 1750, 53 928 £ en 1751, 61 493 £ en 1752, 94 616 £ en 1753 et enfin 49 918 £ en 1755[51] ». Malgré les retards et les contretemps, les travaux avancèrent[52]. Bien qu'une rumeur prétendait que la moitié de la population vivait de la vente de rhum à l'autre moitié, on affirma que Halifax comptait déjà 750 maisons de brique en 1750[53]. La population de ce port d'entrée fluctuait considérablement. Selon Clark, elle aurait atteint

49. *Ibid.*, p. 166.
50. *Ibid.*
51. Clark, *Acadia*, p. 338 et p. 339, note 24.
52. La première année de la construction d'Halifax est résumée dans *Northcliffe Collection, Reports* (Ottawa : ANC, 1926), p. 68-76. Voir aussi Winthrop Pickard Bell, *The "Foreign Protestants"...*, p. 347 ss.
53. Hugh Davidson, « Description of Conditions [1750] in Nova Scotia », dans Adam Shortt, V.K. Johnston et Gustave Lanctot (sous la direction de), *Documents relating to Currency, Exchange and Finance in Nova Scotia with Prefatory Documents, 1675-1758* (Ottawa, 1933), p. 319.

6 000 personnes en 1750[54]. Entre 1749 et 1755 la population permanente se chiffrait à environ 3 000 personnes[55]. Au début, les immigrants tendaient à quitter Halifax pour s'installer dans d'autres colonies anglaises. Cependant, Halifax attira un nombre modeste mais continu d'immigrants venus de Nouvelle-Angleterre. Le contrat établi par le gouvernement attira de nombreux opportunistes qui vendaient du rhum ou poursuivaient des activités de contrebande entre Boston et Louisbourg. Un nombre aussi important voyaient dans l'évolution de la Nouvelle-Écosse la possibilité d'améliorer leur propre situation à long terme. Commerçants, pêcheurs, marchands, artisans et même avocats, apportèrent à cette nouvelle société leur expérience et leurs talents. Tout compte fait, Halifax assura à Cornwallis une puissance jusqu'alors inconnue des administrations anglaises.

La fondation d'Halifax fut cruciale pour le succès de la nouvelle politique anglaise à l'égard de la Nouvelle-Écosse, mais ne constituait qu'une partie du projet élaboré par Londres et Boston[56]. En effet, le renforcement de la présence militaire anglaise au sein de la colonie fut tout aussi important. La garnison d'Annapolis fut remaniée et le fort Edward fut construit à Pisiquid et relié à Halifax par une nouvelle route. En septembre 1750, sur la rive sud de la Misseguash, le commandant Charles Lawrence fit construire un fort portant son nom. Ces mesures visaient à faire comprendre aux Acadiens que désormais les Anglais étaient les maîtres incontestés de la colonie.

Le troisième volet de la politique adoptée par Cornwallis et ses successeurs fut la fondation de Lunenburg et l'installation, dans la ville et dans ses environs, de « Protestants étrangers », dont on comptait plus de 2 000 en 1754. Il s'agissait de la région que les Acadiens connaissaient sous les noms de Mirligueche et La Hève. Dans son étude magistrale de ces immigrants[57], Winthrop Pickard Bell précise les raisons qui amenèrent Londres à donner son appui à la venue de ces Protestants et il relate l'histoire complexe de leur installation dans la colonie. D'après Bell, il

---

54. Clark, *Acadia*, p. 338.
55. Thomas B. Akins, « History of Halifax City », *Collections of the Nova Scotia Historical Society*, 8 (1895), p. 3-272.
56. Rawlyk, *Nova Scotia's Massachusetts*, p. 190 ss.
57. Winthrop Pickard Bell, *The "Foreign Protestants"*...

est clair qu'à partir de 1749, les responsables de l'immigration s'attendaient à ce que les nouveaux venus fussent regroupés dans des communes à part. Malgré le rêve du gouverneur Shirley du Massachusetts – à savoir que la fidélité des Acadiens à l'égard de l'Angleterre s'accroîtrait avec l'installation de communautés anglaises « le plus près possible » des villages acadiens – sa vision ne demeura qu'un conseil ignoré[58]. Comme ce fut le cas pour Halifax, l'installation de nouveaux immigrés fut en réalité plus difficile qu'on ne l'avait prévu. Cependant, en 1754, on avait déjà jeté les bases de la nouvelle communauté. Sans tenir compte de la pente raide sur laquelle la ville nouvelle de Lunenburg devait être construite, on en avait dessiné un plan en damier. Ainsi, des rues horizontales furent tracées en parallèle avec le front de mer, les transversales montant à angle droit jusqu'au sommet de la colline[59]. Bien que les immigrants connurent une période difficile entre 1755 et 1763, la colonie était déjà établie en 1754 : des scieries fonctionnaient, quelques maisons avaient été construites et quelques fermes établies, et un certain nombre d'artisans excerçaient déjà leur métier.

En conséquence de toute cette activité, la situation politique des Acadiens fut profondément modifiée. Avant 1749, à l'époque où leurs terres marquaient la frontière entre deux empires, il leur semblait évident que la France était plus concernée par la question territoriale que l'Angleterre. Dans un sens, « l'Acadie ou la Nouvelle-Écosse » était un avant-poste éloigné de l'empire anglais. D'un autre côté, la colonie pouvait constituer la frontière mouvante de l'empire français. En effet, en Louisbourg, la France possédait l'installation militaire la plus importante. Malgré la présence de petits vaisseaux commerciaux anglais au large des côtes acadiennes, la navigation française était plus visible. Ce fut l'action militaire française qui amena la guerre au sein de la colonie acadienne au cours des années 1740. Jusqu'à la cessation des hostilités et la chute de Louisbourg, les Acadiens percevaient les forces militaires françaises plus entreprenantes et leurs actions plus réussies. Cependant, la fondation d'Halifax et la construction de nouveaux forts transformèrent la situation de façon radicale.

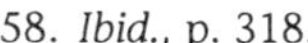

58. *Ibid.*, p. 318.
59. *Ibid.*, p. 426.

Par ailleurs, il semblait assuré jusqu'en 1749 que l'évolution des Acadiens déterminerait l'avenir de la colonie. En effet, les Acadiens étaient majoritaires depuis les années 1720, leur population ayant dépassé celle des Micmacs. Par le fait même, leur mode de vie déterminait l'économie coloniale. Avec l'arrivée des immigrés à Halifax et Lunenburg, cette situation n'allait plus de soi : si la présence militaire anglaise pouvait sembler temporaire, l'établissement de nouvelles communautés laissait deviner une transformation durable.

Si les Acadiens réagirent lentement à ces changements, on ne peut pas en dire autant des Français et des Micmacs. Comme le fait remarquer John Reid, les Français avaient peu de raisons de se méfier de l'expansion des activités anglaises[60]. Néanmoins, ils s'efforcèrent d'élargir autant que possible leurs revendications territoriales dans la région. Alors que le traité de 1748 avait rétabli la paix entre les deux empires dans le monde, et qu'une commission internationale étudiait les frontières de « l'Acadie ou Nouvelle-Écosse[61] », la vie quotidienne de la colonie fut marquée par des raids et des contre-raids, des embuscades et des sièges[62]. Le fort Lawrence devait bientôt affronter le fort Beauséjour, commencé en avril 1751 à un kilomètre à peine du fort précédent. Somme toute, dans la lutte anglo-française pour la domination de l'Amérique du Nord, le traité de 1748 marqua une trêve plutôt qu'une paix durable.

Au cours de cette période, les Français furent aidés par les Micmacs, qui exercèrent leur propre pression à la fois sur les Anglais et sur les Acadiens. Pendant toute l'époque de l'exploration et de la colonisation de « l'Acadie ou la Nouvelle-Écosse », les Micmacs n'avaient jamais cessé de se considérer propriétaires légitimes de ces terres. En 1720 ils avaient proclamé leurs droits à l'égard de

---

60. Voir surtout l'étude perspicace de John G. Reid, *Six Crucial Decades: Times of Change in the History of the Maritimes* (Halifax, 1987), p. 29-60.
61. Cette commission suscita de nombreux pamphlets reflétant divers points de vue, ainsi qu'une masse de documents ; toutefois, leurs efforts n'aboutirent point. Cependant, voir *Mémoires des Commissaires du Roi et de ceux de sa Majesté britannique* (Paris, 1755) ; et *Memorials of the English and French Commissaries Concerning the Limits of Nova Scotia* (London, 1755).
62. Stanley, *New France*, fournit l'analyse la plus détaillée de cette période ; A.G. Doughty, *The Acadian Exiles: A Chronicle of the Land of Evangeline* (Toronto, 1916), p. 72-82, établit une chronologie très claire.

« cette terre que Dieu nous a accordée dont nous faisons partie autant que les arbres y prennent racine [...] Nous en sommes maîtres et souhaitons vivre dans un pays libre[63] ». Pendant les années 1750, les Micmacs se montrèrent avant tout soucieux de leur autonomie, prenant toute les mesures possibles pour assurer leur indépendance même si cela signifiait s'allier aux Français. Dans cette perspective, l'Angleterre semblait plus menaçante que la France, d'où les raids micmacs contre Halifax et Lunenburg, et la transformation des communautés acadiennes de Beaubassin en zone de guerre. En 1750, appuyés par le missionnaire Jean-Louis Le Loutre, les Micmacs incendièrent des maisons et l'église des villages de Beaubassin, provoquant le départ d'un certain nombre d'Acadiens[64].

La neutralité réelle des Acadiens durant ces années demeure un sujet très controversé. Indiscutablement, la majorité respectait cette politique : d'ailleurs, il n'y a aucune preuve d'un rejet massif du régime anglais dans la colonie. Par contre, il ne fait pas de doute que certains Acadiens firent du commerce avec Louisbourg aux dépens des garnisons anglaises, appuyant de surcroît les menées françaises contre les Anglais. En particulier, certains documents témoignent d'une participation de jeunes Acadiens à des raids français et micmacs[65]. Nul doute que diverses attitudes se manifestèrent au sein de la société acadienne, du moins dans un premier temps ; cependant, la communauté finit par prendre une position commune à l'égard des Anglais.

En 1752, le colonel Peregrine Hopson succéda à Cornwallis. Hopson quitta la colonie en octobre 1753, mais resta gouverneur jusqu'en 1755. À son départ pour l'Angleterre, le colonel Charles Lawrence fut nommé lieutenant-gouverneur, après une longue carrière dans l'armée, dans le service colonial et dans la colonie. Nommé commandant à l'âge de 38 ans, il prit part avec son régiment à l'occupation de Louisbourg en 1747[66]. Si discutable que

63. « Antoine et Pierre Couaret au gouverneur Philipps, 2 october 1720 », PRO CO 217/3, f 155-6, cité dans L.F.S. Upton, *Micmacs and Colonists: Indian-White Relations in the Maritimes, 1713-1867* (Vancouver, 1972), p. 199, note 41.

64. Voir surtout D.C. Harvey, *The French Regime in Prince Edward Island* (New York, 1970), p. 137 ss.

65. N.E.S. Griffiths, *The Acadian Deportation.*

66. Dominick Graham, « Charles Lawrence », *DBC*, 3 : p. 390-395.

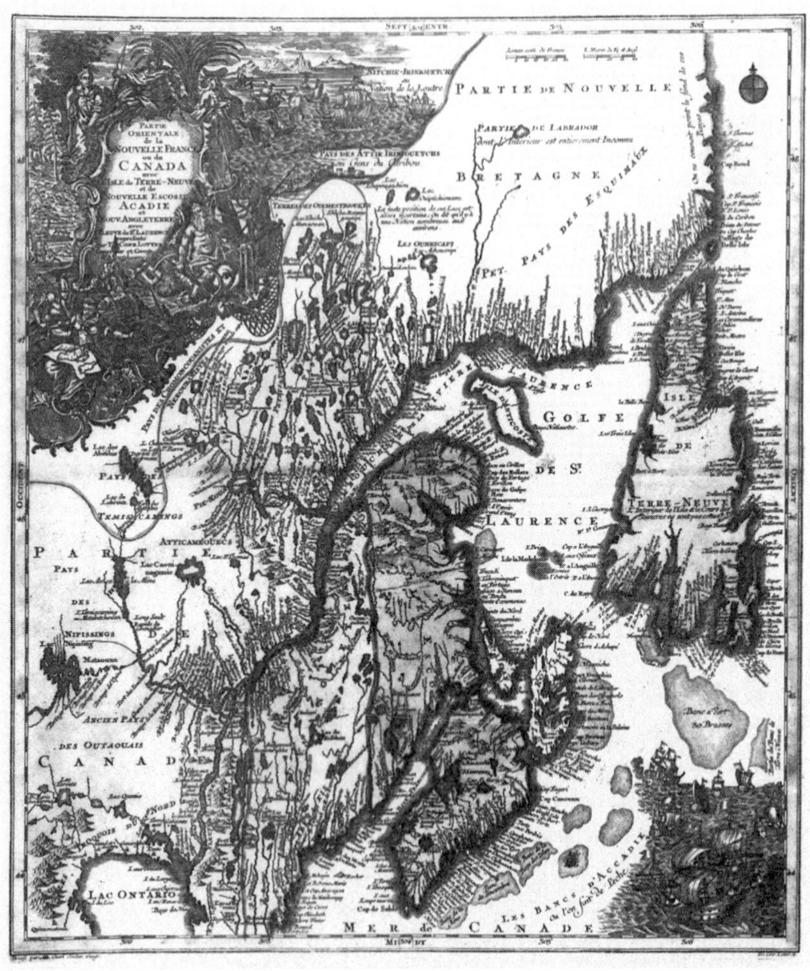

L'est du Canada en 1756 (ANC, NMC 24549).

fût son aptitude politique, sa carrière démontre son talent militaire. Comme nous allons le démontrer, il ne fait nul doute que ses politiques furent le fruit de son expérience militaire.

Pour comprendre le sort de la société acadienne, il faut d'abord tenir compte de la situation internationale au moment où Lawrence entra en fonctions. La politique inaugurée par Cornwallis, celle d'une présence anglaise accrue, fut en grande partie déterminée par la conjoncture internationale. Formulée dans le contexte d'une lutte acharnée entre les colonies nord-américaines, cette politique préparait la guerre. Le conflit devint réalité au printemps 1754, lors de l'affrontement entre milices anglaises et françaises dans la vallée de l'Ohio. Soucieux de leurs frontières, les Français nommèrent Roland-Michel Barrin de la Galissonière commandant en chef de la Nouvelle-France. Sa mission consistait à « restructurer » l'empire français en Amérique du Nord et conséquemment mettre fin aux « entreprises des Anglais[67] ». L'année 1756 marqua le début des affrontements et des escarmouches anglo-français qui se transformèrent en guerre mondiale, non seulement en Amérique du Nord et en Europe mais aussi en Asie. La signature des traités de 1763 signifiait la cessation des hostilités et la fin du pouvoir impérial français en Amérique du Nord. Dans sa déclaration de guerre faite à Kensington le 18 mai 1756, l'Angleterre fit valoir surtout « les empiètements français à l'égard des territoires et établissements anglais [...] dans les îles Caraïbes et en Amérique du Nord [...] notamment dans la province de la Nouvelle-Écosse[68] ». Depuis Versailles, la France déclara la guerre le 9 juin 1756. Auparavant, les efforts de guerre entrepris en Amérique du Nord avaient engagé des forces militaires et des fonds européens ; par contre, la Déportation des Acadiens découlait de réalités et de perceptions spécifiquement nord-américaines. En somme, les événements entourant l'exil et la proscription, qui trouvaient leurs origines immédiates dans les tensions du Nouveau Monde, marquèrent profondément la communauté acadienne.

Parmi ces réalités, la plus évidente relève de la géographie politique : le potentiel stratégique et tactique du territoire acadien.

67. « La Galissonière to the Minister, 25 July 1749 », ANC, C11A : 93, 138 ; voir aussi Lionel Groulx, *Roland-Michel Barrin de la Galissonière, 1693-1756* (Toronto, 1970).
68. Cité dans B. Murdoch, *A History of Nova Scotia or Acadia*, 2 (Halifax, 1865), p. 310.

En effet, « l'Acadie ou la Nouvelle-Écosse » de 1755 était devenue non seulement la frontière entre deux puissances rivales mais aussi une région de grande importance tactique pour les deux empires.

De nombreux documents témoignent de la façon dont Lawrence envisageait sa propre politique. Nul doute que les questions militaires furent prioritaires et qu'elles déterminèrent sa politique coloniale. Il écrivit de longues lettres à ce sujet au gouverneur Shirley du Massachusetts, aux autres gouverneurs des colonies anglaises en Amérique du Nord et aux autorités de Londres[69]. Sa politique découlait de sa volonté d'assurer la sécurité et l'essor de la Nouvelle-Écosse en tant qu'avant-poste de l'empire britannique en Amérique du Nord. Lors de sa nomination au poste de lieutenant-gouverneur en 1753, il était déjà persuadé que le refus acadien du serment d'allégeance compromettait gravement ses desseins[70]. Ses deux objectifs étaient différents mais à ses yeux interdépendants : d'abord, la préservation des possessions britanniques en Amérique du Nord, et ensuite le renforcement de la Nouvelle-Écosse comme partie intégrante de ces possessions.

Au printemps 1755, Lawrence était convaincu que la présence des Acadiens empêchait la réalisation de ses projets. Par conséquent, la meilleure solution était de les disperser parmi les populations des autres colonies nord-américaines où ils finiraient par être assimilés. Le circulaire qu'il envoya aux autres gouverneurs ne laissa aucun doute quant à son intention[71]. En effet, Lawrence informa ses collègues de l'occasion unique qui se présentait : « Les succès remportés par les armées de Sa Majesté contre les incursions françaises dans cette province, écrivit-il, me fournirent une occasion propice d'amener les habitants français de la colonie à l'obéissance au gouvernement de Sa Majesté, sans quoi ils seraient obligés de quitter le pays. » Il continua en préci-

69. Presque toute cette correspondance est publiée dans Akins, *Nova Scotia Documents* et *Report for 1905*.

70. « [...] bien que je sois très éloigné de m'arrêter à cette mesure [l'imposition du serment] sans l'approbation de Vos Seigneuries, néanmoins je ne puis m'empêcher de croire qu'il serait bien préférable de les laisser partir, s'il refusent le serment », dans « Lawrence to the Lords of Trade, August 1st, 1754 », 55, p. 187 ss., extraits publiés dans *Nova Scotia Archives*, 1, p. 212-214.

71. « Circular letter from Governor Lawrence to the Governors on the Continent », *Report for 1905*, II, 3 : app. B, p. 15-16.

sant que « À ceux qui n'avaient pas ouvertement porté les armes contre nous, j'ai proposé la possession continue de leurs terres moyennant un serment sans conditions. Néanmoins, poursuivit-il, ils ont eu l'audace de refuser à l'unanimité. » Lawrence consulta alors le conseil de la colonie « pour étudier par quel moyen efficace nous pourrions nous délivrer d'un peuple qui aurait fait obstacle permanent à notre dessein colonial et que, vu son refus de prêter serment, il fallait expulser sans tarder ». Le circulaire poursuivit :

> Expulsés et libres d'aller où ils leur plaît, les Acadiens auraient sans aucun doute constitué un apport considérable au Canada puisque leur nombre atteint presque 7 000 personnes. Puisqu'il n'y pas de terres défrichées à mettre à leur disposition, ceux en âge de prendre les armes s'efforceront incontestablement de nuire à cette colonie ainsi qu'aux colonies voisines. Pour parer à une telle nuisance il n'y a pas d'autre moyen praticable que de les répartir entre les colonies.

Lawrence se croyait sans doute justifié d'agir ainsi ; néanmoins, la Déportation des Acadiens reste jusqu'à nos jours une décision très controversée[72]. À qui la mise sur pied de ce projet doit-elle être attribuée ? Au gouverneur Shirley[73] ? Quel fut le rôle de Londres[74] ? Quelle fut l'importance des opinions des amiraux anglais Boscawen et Mostyn, arrivés au printemps 1755 ? Peut-on, à l'instar de Guy Frégault, résumer cet épisode comme un acte de guerre, et l'accepter comme tel[75] ?

Pour les Acadiens de 1755, de telles considérations pesaient sans doute moins dans l'immédiat que leur propre stratégie face à la menace de l'exil et de la Déportation elle-même. Les rencontres cruciales entre les Acadiens et les Anglais eurent lieu au début de

72. Voir les remarques de l'abbé Raynal, *Histoire philosophique et politique de l'établissement dans les deux Indes* (La Haye, 1760), p. 360. Il y a une génération, il existait plus de 200 livres et articles portant sur la Déportation. Voir les guides bibliographiques publiés par le Centre d'études acadiennes, en particulier Hélène Harbec et Paulette Levesque (sous la direction de), *Guide bibliographique de l'Acadie, 1976-1987* (Moncton, 1988).
73. Cette conclusion, soutenue par certains historiens tels que Brebner, est contestée par d'autres : voir George Rawlyk, *Nova Scotia's Massachusetts*, p. 199 ss.
74. Sur cette question, voir Placide Gaudet, *Le Grand Dérangement* (Ottawa, 1922).
75. « La Nouvelle-Écosse est en guerre et elle s'engage dans un mouvement de colonisation intensive. La dispersion des Acadiens constitue un épisode de cette guerre et de ce mouvement. » *La Guerre de la conquête* (Montréal, 1955), p. 272.

juillet ; elles marquaient le point culminant d'un printemps tendu. L'occasion de déporter les Acadiens, à laquelle Lawrence fit allusion dans son circulaire, se présenta à la suite de la chute de Beauséjour qui avait capitulé le 16 juin 1755. Au cours de l'attaque contre le fort, les Anglais avaient assuré la mise à l'écart de l'ensemble de la population acadienne. En avril et en mai, les Acadiens des Mines furent sommés de rendre leurs armes et leurs bateaux[76]. Dans une pétition rédigée le 10 juin, les Acadiens demandèrent le retour de leurs possessions. Lawrence la reçue à Halifax au moment même où il apprenait la chute de Beauséjour, avec 300 Acadiens armés qui se trouvaient dans l'enceinte du fort[77].

Le 3 juillet 1755, le Conseil se réunit à la maison du gouverneur, sous la présidence de Lawrence[78]. Ayant pris connaissance de tous les détails de la pétition envoyée des Mines, et après en avoir discuté avec certains des signataires, le Conseil exigea le prêt du serment inconditionnel au roi. D'après le procès-verbal de cette réunion, l'opinion des conseillers est manifeste : la pétition était « une insulte proférée à l'égard de l'autorité de Sa Majesté ». Dans leur pétition, les Acadiens avaient souligné le fait qu'ils avaient respecté leurs engagements et ce, « malgré les sollicitations et les effroyables menaces d'une autre puissance ». Ils avaient réitéré leurs intentions de fidélité, « à condition que Sa Majesté continue de nous accorder les libertés qu'Elle nous avait accordées auparavant ». Somme toute, les Acadiens étaient persuadés qu'ils avaient fait preuve de neutralité politique et qu'ils devraient en être récompensés. Le Conseil n'étant pas du tout convaincu par cette argumentation exigea des preuves supplémentaires. Les formules employées par les Acadiens en s'adressant au Conseil montraient à quel point ils croyaient leur position légitime : « Permettez, Sire, que nous vous fassions connaître les circonstances préjudiciables à la tranquillité dont nous devrions jouir ». Cette attitude, inchangée depuis l'époque de François Perrot en 1688, avait toujours été rejetée par les Européens venus gouverner les Acadiens. Elle fut néanmoins maintenue tout au long des réunions de juillet

76. *Le Canada français*, 1 : p. 138-139.
77. Sur cet épisode et son impact sur Lawrence, voir Brebner, *New England's Outpost*, p. 199-202 et 212-213.
78. Akins, *Nova Scotia Documents*, p. 247 ss.

1755. Polis, résolus et obstinés, les Acadiens proposèrent un serment conditionnel. Le procès-verbal de la réunion du 28 juillet se termine ainsi :

> Comme il avait été décidé d'expulser tous les habitants français s'ils refusaient de prêter serment, il ne restait plus qu'à déterminer les mesures à prendre, ainsi que la destination[79].

Un seul indice laisse croire qu'une autre stratégie aurait été envisagée par les Acadiens. Persuadés enfin de l'imminence d'une déportation, certains délégués des Mines offrirent leur serment inconditionnel le 4 juillet 1754. Cependant, ils essuyèrent le refus de Lawrence et du Conseil, car « on ne pouvait espérer que leur accord soit sincère ; au contraire, il n'était que le résultat de nos exigences et menaces[80] ».

Par ailleurs, toute discussion entre Acadiens en 1755 fut éclipsée par les événements de la Déportation elle-même. La grande majorité de la population fut déportée, soit pendant les six derniers mois de 1755, soit au cours des six années suivantes. Une dernière tentative de déportation fut amorcée en 1763[81]. La plupart des Acadiens demeurés dans la colonie se réfugièrent le long de la rivière Saint-Jean ou de la Miramichi, ou survécurent comme prisonniers de guerre en Nouvelle-Écosse. Ce n'est qu'en 1764 que les Acadiens furent de nouveau autorisés à être propriétaires en Nouvelle-Écosse[82]. À cette époque, la colonie comptait peut-être 165 familles, soit environ 1 000 personnes[83]. Quant à la population acadienne d'avant la Déportation, les chiffres sont controversés : les estimations varient entre 13 000 et plus de 18 000. Ce deuxième chiffre nous paraît plus vraisemblable, quoique Jean Daigle et Robert LeBlanc proposent un chiffre plus modeste de

79. « Council Minutes », PANS, RG 5, vol. 187.
80. Brebner fait une analyse détaillée de cette question dans *New England's Outpost*, p. 216 ss.
81. Murdoch, *History of Nova Scotia*, 2 : p. 426.
82. Les commissaires du commerce hésitèrent à accepter les Acadiens comme sujets après le *traité de Paris* en 1763. Cependant, à partir du 5 novembre 1764, le gouverneur Wilmot proposa aux Acadiens demeurés en Nouvelle-Écosse de prêter serment à la Couronne, moyennant quoi des terres leur seraient concédées. La correspondance entre Wilmot et les commissaires est publiée en partie dans *Report for 1905*, II, 3 : app. J, p. 210-216.
83. Selon un rapport de 1767, la population acadienne de la Nouvelle-Écosse s'élèverait à 1 265 personnes. *Ibid.*, app. L, p. 255-256.

13 000 personnes. Par ailleurs, ces mêmes auteurs ont publié la table suivante, résumant la répartition de la population au moment du *traité de Paris* en 1763.

Répartition de la population en 1763	
Massachusetts	1 000
Connecticut	650
New York	250
Maryland	810
Pennsylvanie	400
Caroline du Sud	300
Géorgie	200
Nouvelle-Écosse	1 250
Rivière Saint-Jean	100
Louisiane	300
Angleterre	850
France	3 500
Québec	2 000
Île-du-Prince-Édouard	300
Baie des Chaleurs	700
Total	**12 660**[84]

Comme pour la population acadienne de 1755, ces chiffres ne sont qu'approximatifs. On peut soulever d'autres questions, non seulement sur les chiffres exacts, mais sur des groupements éventuels qu'on aurait omis : que dire, par exemple, des Acadiens arrivés à Saint-Domingue[85] ? Ou dans les îles anglo-normandes ? Cependant, il importe davantage de réconcilier ces chiffres avec ceux d'avant la déportation et ceux indiquant le taux de mortalité parmi les déportés entre 1755 et 1763.

En tout état de cause, il ne fait pas de doute que la communauté acadienne fut dévastée, arrachée de force aux terres qu'elle

---

84. Jean Daigle et Robert LeBlanc, dans R. Cole Harris (sous la direction de), *Atlas historique du Canada*, planche 30. Selon un rapport envoyé au gouvernement français en 1763, la population acadienne comprend 12 866 personnes, dont 866 réparties parmi les ports anglais, quelque 2 000 en France et 10 000 répandues à travers les colonies britanniques en Amérique du Nord. *Report for 1905*, II, 3 : app. G, p. 156.

85. G. Debien, « Les Acadiens à Saint-Domingue », dans Glenn Conrad (sous la direction de), *The Cajuns: Essays on Their History and Culture* (Louisiana, 1978), p. 255-330.

occupait depuis trois générations. Désormais, les Anglais considéraient les Acadiens comme un peuple hostile qui ne méritait que l'exil. En se basant sur le plan dressé plus tôt par l'arpenteur général Morris[86], Lawrence fit parvenir ses ordres aux officiers chargés de l'opération le 31 juillet 1755[87]. Ces directives, toujours controversées, montrent-elles une mentalité criminelle ou sont-elles plutôt le travail d'un bureaucrate minutieux[88] ? Conséquemment, l'armée se mit à exécuter les ordres reçus. Écrivant à Lawrence, John Winslow, l'officier chargé de l'expulsion des Acadiens de Grand-Pré, s'exprima ainsi : « quoique ce devoir soit désagréable, je suis convaincu de sa nécessité[89] ».

Telle fut la réaction de la plupart des participants. Pour le commandant Handfield, responsable de la région d'Annapolis Royal, c'était « un aspect très désagréable du service[90] ». Mais la politique était telle ; il fallait suivre les ordres. Winslow écrivit au capitaine Murray, responsable de la déportation des Acadiens du fort Edward, affirmant que « tout cela me pèse sur la conscience » ; cependant, il termina sa phrase en assurant que « je ne doute pas de pouvoir m'en sortir[91] ». La décision prise, les ordres furent exécutés, infligeant inévitablement des souffrances considérables. Par contre, rien ne permet de conclure qu'il s'agit d'une politique délibérée de terreur aggravant une situation déjà cruelle.

Aucune mesure extraordinaire ne fut nécessaire pour assurer la soumission de la population : les Acadiens étaient atterrés. D'après Winslow, même quand ils furent rassemblés sur les plages en attendant l'embarquement, les Acadiens ne se rendaient pas

---

86. Brown Mss., Add. Mss. 19071-19073, British Museum. Ces directives étaient-elles déjà préparées en 1751 ? La question continue d'être discutée.
87. Publié au complet dans *Northcliffe Collection*, p. 80-83.
88. E. Lauvrière, *La Tragédie d'un peuple* (Paris, 1922), 1 : p. 465, partage le premier point de vue, tandis que Brebner, *New England's Outpost*, p. 225, soutient le second. Les événements du xxe siècle montrent de façon décisive que ces deux caractéristiques ne s'excluent pas.
89. Publié dans *Report for 1905*, II, 3 : app. B, p. 17. Né au Massachusetts en 1703, capitaine dans l'armée britannique, John Winslow fut en poste en Nouvelle-Écosse lors de la Déportation. Il laissa un journal de l'été et de l'automne 1755, qui est publié en entier dans *Collections*, Nova Scotia Historical Society, 3 : p. 71 ss. Voir la biographie rédigée par Barry Moody dans *DBC*, 4 : p. 840-841.
90. Commandant John Handfield à Winslow, 3 septembre 1755 ; Boston, MA, Bibliothèque municipale.
91. Winslow à Murray, 5 septembre 1755 ; *Report for 1905*, II, 3 : app. B, p. 21.

compte que « l'expulsion était imminente[92] ». Même attendue, la réalité eût été consternante. Des établissements brûlés, le bétail chassé, des vies humaines soumises aux ordres militaires : en quelques jours, les Acadiens qui étaient un peuple libre en plein essor furent transformés en un troupeau de réfugiés. Dans son journal, Winslow décrivit ainsi le premier embarquement du bassin des Mines :

> le 8 octobre : commençai à embarquer les habitants, qui partirent contre leur gré ; les femmes, bouleversées, portaient leurs enfants dans leurs bras, d'autres transportaient leurs parents âgés dans des charrettes avec tous leurs biens ; le tout dans le désordre et la plus grande détresse[93].

En fait, ce ne fut que le début.

La Déportation infligea aux Acadiens des pertes effroyables pendant le voyage et après leur arrivée à destination. Au XVIIIe siècle, les voyages à bord se faisaient dans des conditions épouvantables[94]. L'escadron naval sous le commandement des amiraux Boscawen et Mostyn, arrivé à Halifax le 28 juin 1755, était à un tel point ravagé par le scorbut, le typhus et la fièvre jaune, qu'il put à peine manœuvrer les bateaux à l'entrée du port d'Halifax. Les soldats et marins arrivant à Québec dans les années 1750 étaient dans un état comparable[95]. Pour les civiles, les conditions n'étaient guère plus favorables. En 1734, un voyageur nota que les hommes et les femmes voyageaient tous ensemble :

> nous etions presses dans ce lieu obscur et infect comme des sardines dans une barique. Nous ne pourions nous rendre a nos lits sans nous heurter vingt fois la tete et les jambes [...] Le roulis de mon toi demontait nos cadres, et les meslait les uns avec les autres[96].

92. Winslow à Lawrence, 17 septembre 1755 ; *Report for 1905*, II, 3 : app. B, p. 12.
93. Journal de Winslow, *Collections* (Nova Scotia Historical Society 1888), 3 : p. 166.
94. « Le nombre de marins disparus en temps de guerre par suite de naufrages, de capture, de famine, de blessures ne souffre aucune comparaison avec le nombre tués par les maladies de mer et celles typiques de climats extrêmes », écrivit le docteur James Lind au début de la guerre de Sept Ans. Les chiffres de cette guerre lui donnent raison : 133 708 hommes moururent des suites de maladie ou de désertion, comparés à 1 512 morts sur le champ de bataille. N.R.S. Lloyd, *The Health of Seamen* (1965), cité dans Christopher Lloyd, *The British Seaman, 1200-1860: A Social Survey* (Paladin, 1968), p. 234.
95. Voir Gilles Proulx, *Between France and New France: Life Aboard the Tall Sailing Ships* (Toronto, 1984), en particulier les tables faisant état des maladies des marins arrivés à Québec, 1755-1759, p. 114.
96. « Le révérend père Nau au révérend père Richard, Québec, 20 octobre 1734 », *Rapports des archives de l'archevêque du Québec, 1926-1927* (Québec, 1927), p. 267.

Les conditions éprouvées par les exilés étaient tout aussi déplorables, sans pour autant être pires. Les bateaux arrivant à Boston en route pour des colonies du sud furent jugés en mauvais état. En effet, les autorités portuaires notèrent que « de manière générale, les bateaux sont surchargés et leurs provisions hebdomadaires sont inadéquates : une livre de bœuf, cinq livres de farine et deux livres de pain par personne ne suffisent point, compte tenu de la saison et de la longueur du voyage ; de plus, on constate que l'eau est de très mauvaise qualité[97] ».

La moitié des 415 exilés embarqués sur le *Edward Cornwallis*, à destination de la Caroline du Sud, périrent à bord[98]. C'est le nombre de décès le plus élevé enregistré pour un seul bateau ; cependant, des taux de mortalité de 20 p. 100 ou 30 p. 100 n'étaient pas rares. Au moins deux bateaux à destination de l'Europe, le *Violet* et le *Duke William*, coulèrent, entraînant la perte de tous ceux à bord[99]. Aucun des dangers du voyage en mer ne fut épargné aux déportés.

Arrivés à destination, les exilés ne furent pas moins dévastés par la maladie. Ayant eu peu de contact avec des épidémies de variole, de typhoïde et de fièvre jaune, ils n'avaient pas d'immunité collective. De surcroît, compte tenu des conditions matérielles de leur voyage, ils opposaient peu de résistance à l'infection. Par exemple, la variole fit des ravages parmi ceux qui débarquèrent en Pennsylvanie[100]. Cette maladie frappa encore plus cruellement ceux arrivés en Angleterre après être passés par la Virginie. Le taux de mortalité était si élevé (environ 25 p. 100) que la France accusa l'Angleterre de pratiquer le génocide[101].

Un taux de mortalité atteignant 50 p. 100 à bord des bateaux, la maladie infligeant de lourdes pertes parmi ceux qui arrivaient à destination : telles furent les conséquences ruineuses de la Déportation. En outre, il faut souligner le fait que la politique de déportation et d'exil, amorcée dès 1755, fut poursuivie jusqu'au *traité de Paris*. Même en 1762, Jonathan Belcher, qui était

---

97. *Report for 1905*, II, 3 : app. E, p. 81.
98. « Report of the Edward Cornwallis », Andrew Sinclair, capitaine, 17 novembre 1755 ; « 210 morts, 207 valides », dans Council Records (Columbia, SC), p. 480.
99. Brown Manuscripts, Add. Mss. 19071, British Museum.
100. « Commissioners of the Poor, Report October 1756 », dans J. MacKinney (sous la direction de), *Votes and Proceedings, Pennsylvania* (Harrisburg, 1931), 6 : p. 4408.
101. Voir N.E.S. Griffiths, « The Acadians of the British Sea-Ports », *Acadiensis*, 4 (1976), p. 67-84.

procureur-général sous le régime de Lawrence avant de lui succéder au poste de lieutenant-gouverneur[102], essayait encore de déporter les Acadiens ayant échappé aux transports précédents. Belcher était persuadé que « les habitants acadiens menacent la sécurité de la province[103] » ; c'est ainsi qu'au printemps de 1762, des bateaux entiers d'Acadiens furent expédiés à Boston qui ne tarda pas à les renvoyer à Halifax[104].

Entre 1755 et 1762, la majorité de la communauté acadienne qui s'était établie depuis 150 ans sur les sites actuels de la Nouvelle-Écosse, du Nouveau-Brunswick et de l'Île-du-Prince-Édouard, fut arrachée à ses terres. Malgré la politique de destruction menée pendant cette période, quelques Acadiens demeuraient encore en Nouvelle-Écosse à la fin de la guerre en 1763. Le peuple acadien continuait d'exister ; il se considérait comme une société distincte et cherchait encore à être maître de son destin. En 1764, dès la fin de la proscription, ce peuple amorça le retour d'exil et la reconstruction d'une communauté.

102. « March 20th 1760, Order-in-Council », PANS, RG 5, vol. A, p. 70.

103. « Jonathan Belcher to His Excellency Governor Murray, Halifax, March 25th, 1762 », *Report for 1905*, II, 3 : app. L, p. 263.

104. Des extraits de la correspondance envoyée à ce sujet par Belcher à la Chambre du commerce et à Lord Egremont, secrétaire d'État, sont publiés dans Akins, *Nova Scotia Documents*, p. 329 ss.

Chapitre IV

Le retour d'exil, 1755-1785

Pour la communauté acadienne, les années de proscription de 1755 à 1764 eurent l'effet d'un traumatisme collectif. C'est durant cette période que les autorités d'Halifax tentèrent d'appliquer la politique d'exil à ceux qu'elles avaient d'abord dépossédés en leur refusant le droit à la propriété. Que l'on parle de la Déportation, de l'exil, ou du Grand Dérangement, ces années furent déterminantes pour la définition des générations suivantes, à tel point qu'on oublie souvent ce qu'elles furent en réalité[1]. Pourtant, les grandes lignes du cataclysme sont assez claires. Pendant plus de 100 ans, les Acadiens avaient constitué la société européenne dominante sur le territoire qui devint la Nouvelle-Écosse, le Nouveau-Brunswick et l'Île-du-Prince-Édouard. Les événements de 1755 mirent fin pour toujours à cette prééminence. Ce n'est que 70 ans plus tard que la population acadienne comptait de nouveau 20 000 personnes, soit l'équivalent de la population l'été précédant le départ des bateaux. Par ailleurs, les communautés acadiennes se trouvaient maintenant dans une situation géographique, politique et économique très différente de celle qu'elles avaient connue jusqu'en 1755. Somme toute, la politique de Lawrence fut à la fois une réussite et un échec : si elle avait détruit le pouvoir politique des Acadiens, elle n'avait nullement porté atteinte à leur identité collective.

Après 1755, les Acadiens se trouvèrent politiquement marginalisés par rapport à une majorité composée de plusieurs groupes

1. Michel Roy estime que la tâche d'en rendre compte constitue à la fois le défi et la défaite de l'historien ; voir *L'Acadie perdue* (Québec, 1978), p. 39. De même, dans *La question du pouvoir en Acadie* (Moncton, 1982), Léon Thériault essaie d'éclairer la signification de la Déportation pour l'identité acadienne d'aujourd'hui.

de nouveaux venus, notamment les *Planters* et les Écossais en Nouvelle-Écosse, au Cap-Breton et à l'Île-du-Prince-Édouard, et les Loyalistes au Nouveau-Brunswick. Pendant les années 1780, l'économie acadienne reposait surtout sur l'agriculture de subsistence, la pêche et le commerce du bois. Les exilés ne reprirent jamais possession des terres fertiles de la vallée de l'Annapolis, du bassin des Mines, ni du Tintamarre, le plus grand marais salant du monde. Leurs communautés s'installèrent plutôt dans des régions où elles demeurent encore aujourd'hui : sur la côte nord du Nouveau-Brunswick, dans la haute vallée de la rivière Saint-Jean, autour des vallées de la Petitcodiac et de la Memramcook, quelques établissements étant éparpillés sur l'île du Cap-Breton et autour de la baie Sainte-Marie en Nouvelle-Écosse, et sur la côte nord de l'Île-du-Prince-Édouard[2]. À partir de 1755, le statut des Acadiens fut à jamais minoritaire. Ils étaient souvent exclus du processus politique de la société[3], et dans plusieurs régions on contesta leur droit de s'installer[4]. Cependant, ils conservèrent leur sentiment d'appartenance à une communauté, leur croyance profonde en une identité collective unique. Même quand elle s'exprimait par le désespoir, par le sentiment amer de la défaite et de l'impuissance face à une majorité incompréhensive[5], l'identité acadienne perdura.

Qu'est-ce qui explique cette survivance ? Quels sont les rapports, autres que purement généalogiques, entre la communauté acadienne d'avant la Déportation et les manifestations ultérieures d'une identité distincte ? Quelle est la relation entre les Acadiens

---

2. En 1981, selon Statistique Canada, les chiffres relatifs au français langue maternelle étaient les suivants : Île-du-Prince-Édouard, 5 p. 100 de la population ; Nouvelle-Écosse, 4 p. 100 ; Nouveau-Brunswick, 34 p. 100. Les Acadiens ne sont toujours pas reconnus par le gouvernement fédéral du Canada comme une communauté francophone ayant une identité distincte.
3. N.E.S. Griffiths, « The Acadians », *DBC*, 4 : p. xxvii-xxxiii.
4. À partir de 1764, l'organisation des établissements acadiens fut contrôlée d'abord par les autorités d'Halifax et plus tard par celles de Fredericton et de Charlottetown. Nul doute que les titres de propriété des Acadiens furent souvent abrogés. Sur la question des possessions acadiennes dans la vallée du Saint-Jean, voir E.C. Wright, *The Loyalists of New Brunswick* (Moncton, 1955).
5. Les poèmes d'Herménégilde Chiasson sont une expression très émouvante de ce sentiment, surtout ceux du recueil *Mourir à Scoudouc* (Moncton, 1979), p. 39 : « Comment faire comprendre, faire sentir, faire vivre que l'Acadie ce n'est pas la lèpre, que nous ne voulons plus qu'on vienne faire ses bonnes œuvres parmi nous [...] »

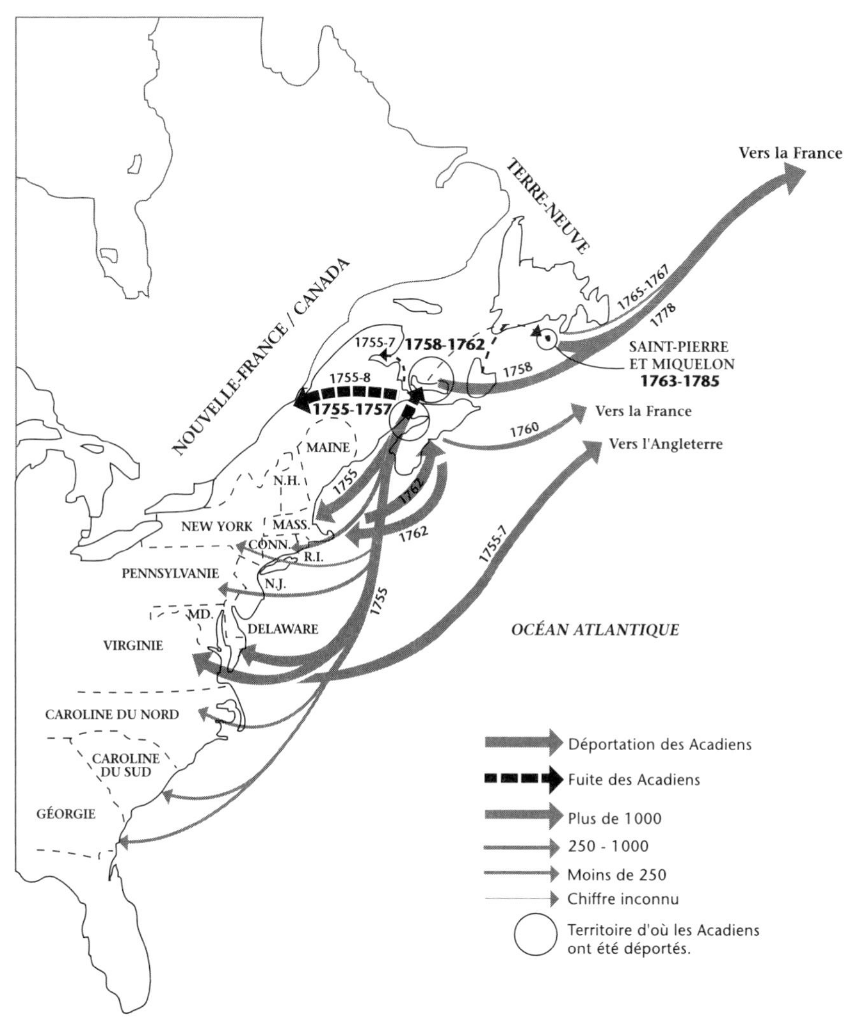

Déportation et fuite des Acadiens, 1755-1785.

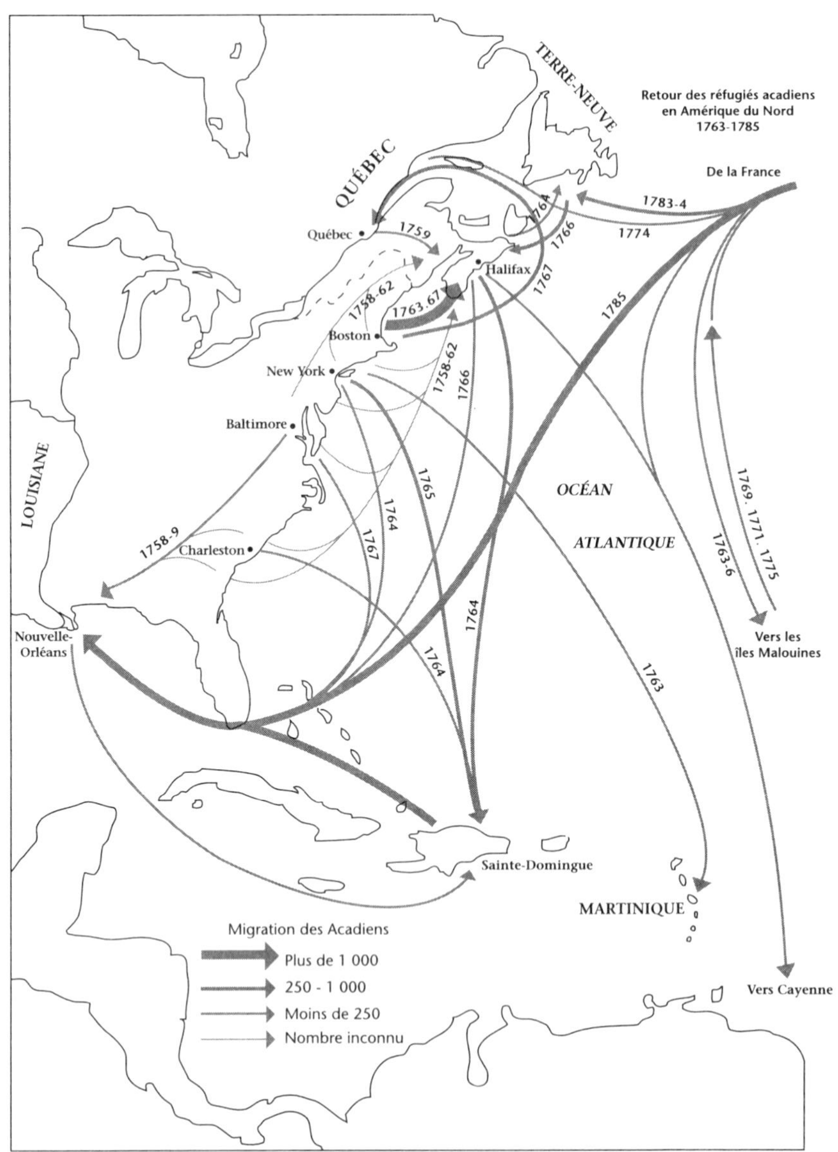

Migration des Acadiens, 1758-1785.

revenus d'exil après 1764 et ceux demeurés dans les provinces Maritimes après 1755 malgré toutes les tentatives officielles de les expulser ? Pour répondre à ces questions, il faut tenir compte de la complexité des événements survenus entre 1755 et 1763. Tout d'abord, il faut comprendre la réaction acadienne à l'exil. Comment se fait-il qu'au lieu d'être assimilés en France ou dans les autres colonies anglaises d'Amérique du Nord, ils réussirent à se maintenir comme société distincte ? Qu'est-ce qui explique le retour en Nouvelle-Écosse d'un nombre si important, sinon de la majorité ?

La chronique ne fournit qu'une explication partielle de la persistance de l'identité acadienne après 1755. En effet, il faut également tenir compte de l'interprétation acadienne des événements. Avant la fin du XVIIIe siècle, les Acadiens partageaient déjà certaines idées sur la Déportation et sa signification. Jusqu'à nos jours elles ont joué un rôle capital dans la survivance du peuple acadien au Nouveau-Brunswick, en Nouvelle-Écosse et à l'Île-du-Prince-Édouard. Autant que l'histoire de la Déportation, il faut examiner les traces qui en restent dans la mémoire collective, car c'est dans ce contexte qu'évolue une identité unique aux XIXe et XXe siècles.

En premier lieu, l'exil dispersa les Acadiens dans les autres colonies anglaises du Massachusetts jusqu'à la Géorgie. Mais ce ne fut que le début. En effet, la situation des Acadiens fut en grande partie déterminée par le fait que tous les lieux d'exil se trouvaient eux aussi mêlés à la lutte anglo-française pour la domination de l'Amérique du Nord. L'arrivée des exilés à destination ne marquait souvent que le début de leurs peines. Nulle part les conditions d'exil ne furent stables : à bon nombre d'exilés, la Déportation infligea des voyages bien au-delà de ce qu'avaient envisagé les responsables du premier embarquement.

Par exemple, quittant le Maryland, la Caroline du Sud et la Géorgie, un certain nombre d'exilés poursuivirent le voyage jusqu'à Saint-Domingue, d'où quelques-uns partirent en Louisiane ou au Honduras. Arrivés d'abord au Massachusetts, d'autres s'installèrent sur les rives du Saint-Laurent après 1763. D'autres encore furent dirigés vers les îles anglo-normandes, puis aux îles Saint-Pierre et Miquelon. La majorité de ceux qui débarquèrent en Virginie furent envoyés en Angleterre et ensuite en France. Ayant survécu à ces pérégrinations, bon nombre quittèrent Nantes en 1785 à destination de la Louisiane, territoire appartenant alors à l'Espagne.

À l'heure actuelle il n'existe aucun volume qui raconte l'expérience de l'exil de 1755 à 1784, c'est-à-dire de la Déportation jusqu'au moment où la communauté acadienne recouvra une certain légitimité dans le territoire qu'avait habité leurs ancêtres. Par contre, de nombreux ouvrages retracent toute l'histoire d'un groupe, ou bien racontent une partie de l'expérience de tous les exilés. Des ouvrages tels que *La tragédie d'un peuple*, d'Émile Lauvrière[6], fournissent une vue d'ensemble. D'autres, tels que *Acadian Odyssey* de O.W. Winzerling[7], et l'étude plus récente de William Faulkner Rushton[8], examinent surtout l'arrivée des Acadiens en Louisiane ; en fait, les événements qu'ils racontent ne furent vécus que par un certain nombre d'Acadiens[9]. Peu d'études ont exploité les données disponibles pour répondre aux questions fondamentales : par exemple, le traitement accordé par différentes autorités au moment où les Acadiens débarquaient, ou l'impact de l'exil sur le sens de l'identité. Qu'il s'agisse des archives du Vatican[10] ou des cimetières du Honduras[11], les sources disponibles sont dispersées, tant pour la chronique nord-américaine que pour celle des autres lieux d'exil ; d'où la tendance à privilégier l'histoire d'un groupe particulier plutôt que celle de l'ensemble des exilés. Même le travail effectué par le Centre d'études acadiennes de l'Université de Moncton n'a pas rassemblé toutes les archives connues à ce jour. En somme, l'histoire de l'exil com-

---

6. Émile Lauvrière, *La Tragédie d'un peuple : histoire du peuple acadien de ses origines à nos jours* (Paris, 1923).
7. O.W. Winzerling, *Acadian Odyssey* (Lafayette, 1955).
8. William Faulkner Rushton, *The Cajuns from Acadia to Louisiana* (New York, 1987).
9. Voir surtout la *Bibliographie acadienne : liste des volumes, brochures et thèses concernant l'Acadie et les Acadiens des débuts à 1975* (Moncton, s. d.) ; et Hélène Harbec et Paulette Levesque (sous la direction de), *Guide bibliographique de l'Acadie, 1976-1987* (Moncton, 1988).
10. Archivo segreto Vaticano, Collezione Nunziatura di Fiandra, 22 novembre 1763, Leg. 135, utilisé par O.W. Winzerling, *Acadian Odyssey: Exile Without End* (Louisiana, 1955).
11. Winzerling affirme avoir passé plusieurs années dans la colonie, où il trouva « des dizaines de tombes d'Acadiens qui avaient cherché refuge sur les rives entre la rivière des Singes et le point au Diable ». *Ibid.*, p. 70.

prend soit des vues d'ensemble assez superficielles, soit des études détaillées mais portant sur un champ très limité.

De plus, certains incidents connus du public tendent à masquer la réalité complexe de l'exil, de même que la Déportation elle-même a éclipsé d'autres aspects de l'expérience acadienne. Par exemple, *Évangéline*, le poème de Longfellow, a fait croire que la Déportation était une dispersion délibérée de familles très unies. De plus, sans remarquer la contradiction, on a affirmé que la communauté entière fut envoyée directement en Louisiane[12]. Ces deux images puissantes du sort des exilés comportent une part suffisante de vérité pour être devenues des mythes persistants.

Le fait est que personne ne fut déporté « directement » en Louisiane, région sous contrôle espagnol ; les Acadiens étaient destinés aux colonies « anglaises », du Massachusetts jusqu'en Géorgie[13]. Comme nous l'avons déjà fait remarquer, la majorité des Acadiens arrivant en Louisiane avaient débarqué d'abord en Virginie[14]. Certains, débarqués en Caroline du Sud, voyagèrent jusqu'à l'embouchure du Mississippi ; la majorité, suivant « l'autre route », passèrent par Saint-Domingue[15]. L'histoire racontée par le poème de Longfellow est vraisemblable et peut-être même authentique. C'est une Acadienne qui lui fit connaître la légende des amants séparés par la Déportation pour être réunis dans la mort. Cette légende se trouve sous différentes formes chez plusieurs groupes d'origine acadienne. Par ailleurs, comme nous l'avons fait remarquer, les années d'exil furent des années d'errance. Si le détail de l'histoire est inexact, il y a tout de même un noyau de vérité : la Déportation mit fin à un certain mode de vie et, pour beaucoup, imposa la définition de nouvelles structures en terre étrangère.

---

12. Pour un survol des origines de ce poème et des circonstances dans lesquelles il fut écrit, voir N.E.S. Griffiths, « Longfellow's Evangeline: The Birth and Acceptance of a Legend », *Acadiensis*, 11 (1982), p. 28-41.
13. R. Cole Harris (sous la direction de), *Historical Atlas of Canada: From the Beginning to 1800* (Toronto, 1987), 1 : planche 24. Aussi, édition française : *Atlas historique du Canada*, vol. 1, Presses de l'Université de Montréal, 1987.
14. Winzerling, *Acadian Odyssey.*
15. Le meilleur recueil d'essais sur l'arrivée et l'installation des Acadiens en Louisiane est celui de Glenn R. Conrad (sous la direction de), *The Cajuns: Essays on their History and Culture*, The University of Southwestern Louisiana History series n° 11 (Lafayette, LA, 1978).

De même, l'image populaire de la séparation d'êtres chers est à la fois vraie et fausse. La dispersion des communautés découlait d'une politique délibérée, mais la séparation de groupes unis ne figura pas dans le projet initial de Déportation, et ne fut que rarement intentionnel. Au moment d'opter pour la déportation, Lawrence et ses associés étaient motivés par la conscience du risque d'augmenter la puissance de la France en Amérique du Nord. C'est surtout pour cette raison que les communautés furent dispersées parmi les autres colonies anglaises. Pour citer Lawrence, il fut décidé de « les répartir [les Acadiens] parmi les colonies [...] de sorte que, ne pouvant facilement se rassembler, ils seront mis hors d'état de nuire[16] ».

Comme nous l'avons précisé au chapitre précédent, la Déportation fut organisée selon des plans très détaillés, dressés par l'arpenteur Charles Morris et élaborés par le lieutenant-gouverneur et d'autres membres du conseil[17]. La population de chaque réseau important de villages acadiens devait être répartie parmi plusieurs colonies. Il est utile de rappeler que les déportés de 1755, soit la grande majorité de ceux exilés entre 1755 et 1763, furent sans exception envoyés dans une des colonies anglaises d'Amérique du Nord. Les instructions envoyées au lieutenant-colonel Winslow, chargé de l'expulsion des Acadiens de Grand-Pré, précisèrent l'embarquement « en Caroline du Nord [...] 500 personnes environ [...] en Virginie [...] 1 000 personnes [...] au Maryland [...] 500[18] ». Le commandant Handfield, chargé de la Déportation de la vallée d'Annapolis, reçut l'ordre de disperser la communauté ainsi : 300 personnes en Pennsylvanie ; 200 personnes au New York ; 300 personnes au Connecticut ; 200 personnes à Boston[19]. Les ordres du colonel Monckton, chargé de la région de l'isthme de

---

16. « Circular from Governor Lawrence to the Governors on the continent, Halifax, August 11th, 1755 », *Report Concerning Canadian Archives for the Year 1905*, 3 vol. (Ottawa, ANC, 1906), II, 3 : app. B, p. 15-16.
17. Brown Manuscripts, Add. Mss. 190711-73, British Museum. Les directives de Lawrence sont conservées dans les *Northcliffe Collection Reports* (Ottawa, ANC, 1926), p. 80-83.
18. « Instructions for Lieut. Colonel Winslow, Halifax, August 11th, 1755 », dans T.T. Akins, *Selections from the Public Documents of the Province of Nova Scotia* (Halifax, 1869), p. 271-274.
19. *Ibid.*, « Instructions to Major Handfield, Halifax 11th August », p. 275.

Chignectou, précisèrent la répartition suivante : « 528 [personnes] en Géorgie ; 1 020 en Caroline du Sud et 392 à Philadelphie[20] ».

Cette dispersion fut caractéristique de la Déportation : il s'agissait d'une tactique militaire dont l'objectif était de détruire la communauté acadienne. C'était un acte de guerre. Néanmoins, il ne s'agit nullement d'une politique d'extermination de l'individu, une « solution finale » née de la folie de la haine raciale. En somme, cette Déportation fut comparable à celle de l'évacuation des *Highlands* écossais. Elle ne visait nullement à démembrer la cellule familiale, à séparer les époux, à enlever les parents aux enfants. En fait, pendant l'embarquement, Winslow et certains officiers s'efforcèrent tout particulièrement de rassembler parents et enfants[21]. Par contre, il n'y eut aucun effort pour garder ensemble les membres de la famille étendue. C'est ainsi que René Leblanc, notaire, fut envoyé à New York avec sa femme et ses deux plus jeunes enfants, tandis que les autres membres de la famille furent dirigés vers Philadelphie[22].

Il est important toutefois de souligner le fait que l'exécution du plan de la Déportation fut accompagnée des accidents et erreurs qui caractérisent la plupart des projets de grande envergure. Tout était sujet à modification. Parfois la résistance inattendue de certains Acadiens amena des changements : par exemple, environ 86 hommes détenus au fort Lawrence en attendant l'embarquement, « s'évadèrent en creusant un trou d'environ 30 pieds de long, allant de la caserne jusqu'au rideau sud[23] ». Dans tous les cas, les changements tendaient à aggraver la détresse des déportés. De plus, Lawrence s'impatientant à mesure que les mois passaient, l'ordre fut donné d'être plus expéditif ; c'est ainsi que les hommes ne furent pas toujours embarqués avec leurs familles[24]. D'autres modifications encore furent entraînées par les difficultés d'organisation et d'approvisionnement[25]. Cependant, les changements les

---

20. « Instructions to Monckton, August 11th, 1755 », dans *Northcliffe Collection*, p. 65-67.
21. « Winslow's Journal », *Collections of the Nova Scotia Historical Society*, 3 (1883), p. 97 ss.
22. « Petition to the King of Great Britain, c. 1760 », dans L. Smith, *Acadia: A Lost Chapter in American History* (Boston, 1884).
23. « Monckton to Winslow, October 7th, 1755 », *Report for 1905*, II, 3 : app. B, p. 30.
24. « Lawrence to Monckton, September 1755 », Vernon-Wager Mss., Library of Congress (Washington, D. C.).
25. Voir « Winslow's Journal », vol. 3.

plus ravageurs furent le fait du temps, qui retarda de nombreux départs et empêcha de nombreux bateaux d'atteindre leurs destinations[26].

Si elle mit fin à un mode de vie, morcelant une société très unie, la Déportation ne fut point un massacre. Elle signifia néanmoins l'horreur et la catastrophe. À l'arrivée, ceux qui avaient survécu au voyage découvraient souvent que leurs difficultés ne faisaient que commencer : la séparation initiale et la rupture de la famille étendue étaient souvent aggravées après le débarquement. En effet, pour assurer que les nouveaux venus ne menaceraient pas l'ordre public, et pour pouvoir subvenir aux besoins des pauvres et des malades d'après les normes établies, les autorités regroupaient arbitrairement les Acadiens en cellules familiales comprenant entre cinq et 11 personnes.

En outre, les politiques à l'égard des exilés furent mises en place hâtivement. Dans la plupart des cas, les autorités dans les régions d'accueil n'apprenaient la Déportation que lors de l'arrivée d'un bateau au port principal : Boston (Massachusetts) ; Annapolis (Maryland) ; Columbia (Caroline du Sud) ; Savannah (Géorgie). Les capitaines de vaisseaux ne portaient qu'une copie du circulaire écrit par Lawrence aux « Gouverneurs sur le continent », le 11 août 1755. Aucune colonie n'ayant été officiellement informée de l'expulsion, les administrations coloniales affrontèrent des problèmes de logement et d'approvisionnement de ces nouveaux venus inattendus et importuns.

Dès l'arrivée, les Acadiens donnaient lieu à maintes palabres officielles ; aux yeux du public, ils ne passaient pas inaperçus. Partout ils se démarquaient : d'abord, ils étaient réfugiés ; ensuite, ils étaient catholiques ; enfin, ils avaient un besoin urgent de secours après le long voyage en mer. Les autorités ne savaient pas s'il fallait les traiter comme sujets de la Couronne enlevés à une zone de combat, ou comme prisonniers de guerre, ou comme « neutres », ou encore, comme l'écrivit le gouverneur Dinwiddie de la Virginie au gouverneur Shirley du Massachusetts, comme « ennemis intestins[27] ». En Pennsylvanie les Acadiens furent trai-

26. Les premiers Acadiens arrivés à Boston furent amenés par le mauvais temps. Voir *Report for 1905*, II, 3 : app. E, p. 81.
27. « Dinwiddie to Shirley, 28th April 1756 », dans R. Brooks (sous la direction de), « Dinwiddie Papers », *Virginia Historical Society Collections* (Richmond, 1899), 2 : p. 394.

tés comme « sujets de la Grande-Bretagne[28] », alors qu'en Caroline du Sud le traitement varia entre celui accordé aux prisonniers de guerre et celui réservé aux « sujets de la Couronne », qu'il était néanmoins prudent de surveiller[29]. Dans tous les cas, le caractère distinct des Acadiens fut manifeste, d'autant plus que leur différence fut accentuée par leur état physique pitoyable. Pour des raisons de santé, les autorités durent intervenir rapidement et de façon décisive. Sans exception, toutes les colonies durent approvisionner les exilés et traiter des cas de typhoïde et de variole ; il fallut ou autoriser le débarquement des exilés, comme le fit le Massachusetts, ou garder les déportés provisoirement à bord, comme le firent la Pennsylvanie, la Virginie, et la Géorgie[30].

Dans chaque colonie, les discussions du traitement ultérieur à accorder aux exilés furent influencées par la perception des hostilités devenues inévitables, car en 1755, la déclaration de guerre ne faisait plus de doute. En Nouvelle-Écosse la présence de Catholiques francophones semblait dangereuse, tandis que les autres colonies étaient tout aussi conscientes de l'appui que les Acadiens pouvaient prêter à la cause française. Inquiets, les gouverneurs s'écrivirent. Dans une lettre du 25 novembre 1755 au gouverneur Morris de la Pennsylvanie, le gouverneur Belcher[31] du New Jersey exprimait un avis général : « Je m'étonne que ceux ayant la charge des Français neutres, ou plutôt des traîtres et rebelles, les envoient dans ces provinces où déjà le nombre d'étrangers menace notre bien et notre sécurité ». D'après lui, on aurait dû « renvoyer les Acadiens en France[32] ». Au Massachusetts, en février 1756, une pétition adressée au gouverneur déplore l'arrivée

28. « Minutes of the Provincial Council, September 1756 », *Colonial Records: Minutes of the Provincial Council of Pennsylvania from the Organization of the Termination of the Proprietary Government*, 16 vol. (Harrisburg, PA, 1852-1853), 7 : p. 239-241.
29. 28 novembre 1755 : *Extracts from the Journals of the Provincial Congress of South Carolina* (Charlestown, 1775-1776), p. 513.
30. Massachusetts : 7 novembre 1755, Boston State House, Hutchinson Papers, vol. 23 ; Pennsylvanie : « Minutes of the Provincial Council », 6 : p. 712-713 ; Géorgie : George C. Candler (sous la direction de), *The Colonial Records of the State of Georgia*, 26 vol. (1904-1913), 7 : p. 301 ss ; Virginie : Robert Dinwiddie, *The Official Records of Robert Dinwiddie, Lieutenant-Governor of the Colony of Virginia, 1751-1758*, Robert A. Brock (sous la direction de), 2 vol. (Richmond, VA, 1883-1884), 2 : p. 269 ss.
31. Père de Jonathan Belcher, juge en chef de la Nouvelle-Écosse, qui participa activement à l'organisation de la Déportation.
32. Pennsylvania Archives, First Series, 1748-1756, 2 : p. 514.

de 1 000 Acadiens, tous nécessiteux et en grande détresse ; on conteste « l'arrivée parmi nous d'un si grand nombre de personnes dont l'attachement bigot à la religion catholique romaine est notoire et dont la fidélité à Sa Majesté Louis XV nous est chose fort désagréable[33] ». Certaines colonies firent preuve de compassion : par exemple, la *Maryland Gazette* de décembre 1755 rapporta que

> C'est le quatrième et dernier navire, employé au transport des Français neutres de la Nouvelle-Écosse, qui nous est arrivé depuis 15 jours avec un chargement de ce genre ; le nombre de déportés arrivés ici atteint aujourd'hui le chiffre de 900.
>
> Comme ces malheureux, pour des motifs politiques, ont été dépouillés de tous les biens qu'ils possédaient à la Nouvelle-Écosse et envoyés ici dans le plus grand dénûment ; l'humanité et la charité chrétienne nous font un devoir de secourir ces êtres dignes de compassion[34].

Toutefois, la peur et la méfiance accueillaient les exilés. C'est ainsi que, craignant les espions, le Maryland vota une première loi en mai 1756 interdisant aux Acadiens d'assister aux manœuvres militaires[35].

La réception initiale variait assez peu d'une colonie à l'autre, malgré des différences qui se manifestaient par la suite. En général, les exilés étaient placés sous la responsabilité de ceux chargés des pauvres et ils étaient répartis en petits groupes dans toute la colonie. En Pennsylvanie et dans les colonies situées au nord, ils furent soumis à une surveillance plus étroite que dans les colonies du sud, le Maryland par exemple, ou les Carolines et la Géorgie. La politique du Massachusetts fut plus ou moins suivie par le Connecticut, le New York et la Pennsylvanie. Cependant, il semble que seul le Massachusetts prétendît être remboursé pour toute dépense occasionnée par les exilés[36]. Le 16 décembre 1755, le Commonwealth prit une deuxième mesure, votant une loi con-

33. Massachusetts State Archives, Council Records, Commonwealth of Massachusetts, 21 : p. 80.
34. Cité dans Placide Gaudet, « Généalogies des familles acadiennes, accompagnées de documents », *Report for 1905*, II, 3 : p. xxi.
35. Proceedings and Acts of the General Assembly of Maryland (Baltimore, 1930), 24 : p. 461.
36. *Report for 1905*, II, 3 : app. E, p. 83. Aussi longtemps que les Acadiens constituèrent une charge publique, le Massachusetts relança la question à plusieurs reprises ; la facture finale de 9 563 £, 9 shillings et 10 pence fut rendue en août 1763. *Ibid.*, app. F, p. 133.

cernant « divers habitants et familles de Nouvelle-Écosse, envoyés par le Gouvernement [...] visant à empêcher la souffrance pour cause de maladie ou de famine[37] ». Cette loi prescrivit la création d'un comité chargé d'organiser l'approvisionnement et le logement des Acadiens. Ayant ainsi paré au plus pressé, l'administration coloniale s'efforça de disperser les exilés de sorte à empêcher des rassemblements pouvant menacer la sécurité publique. Ainsi, le 27 décembre 1755, une deuxième loi vota la répartition des familles acadiennes parmi « plusieurs villes », et l'engagement de leurs enfants comme domestiques et apprentis[38].

Très vite, les Acadiens protestèrent contre cette mesure. Des pétitions furent envoyées au gouverneur Hutchinson, soulignant le fait que « la prève que nous avons souffir de nos habitations et a mene ici et Nos Separations les Uns les autres n'est Rien a compare a Cell que de prendre Nos Enfans devant nos yex : La Nature meme ne peut souffir cela[39] ». À la suite de cette pétition et à d'autres semblables[40], un comité d'enquête fut nommé par le Conseil du Massachusetts. Le comité remit son rapport deux jours plus tard et le Conseil, qui l'accepta le même jour, recommanda que « les conseillers et les surveillants mettent fin à cette pratique[41] ».

Comme le fit remarquer Doughty, les citoyens du Massachusetts « n'aiment pas les Catholiques et les Francs-Maçons[42] », mais tout en redoutant les dépenses et les dangers éventuels, ils furent néanmoins affectés par la détresse des Acadiens. En juin 1756 une enquête fut menée sur les exilés qui erraient dans la colonie à la recherche de parents et d'amis[43]. Le 11 août 1756, un projet de loi fut présenté, visant à « mieux assurer l'ordre parmi les anciens

37. *The Acts and Resolves, Public and Private of... Massachusetts Bay to which are Prefixed the Charters of the Province*, 21 vol. (Boston, 1869-1922), 3 : p. 951.
38. *Ibid.*, p. 887.
39. Boston State House, *Hutchinson Papers*, vol. 23. Cette pétition est traduite et publiée dans *Report for 1905*, II, 3 : app. E, p. 88. Il importe de noter qu'à en juger d'après la grammaire et l'orthographe, cette pétition fut rédigée par les intéressés eux-mêmes.
40. *Report for 1905*, II, 3 : app. E, p. 100 ss.
41. 13 avril 1756, Boston State House, *Hutchinson Papers*, vol. 23. Voir aussi Massachusetts State Archives, Council Records, Commonwealth of Massachusetts, 21 : *passim*.
42. A.G. Doughty, *The Acadian Exiles: A Chronicle of the Land of Evangeline* (Toronto, 1916), p. 184.
43. 10 juin 1756, Boston State House, *Hutchinson Papers*, vol. 23.

habitants de la Nouvelle-Écosse », sous peine d'« emprisonnement et renvoi dans leur district[44] ».

Le passage du temps amena de nouvelles complications. Au milieu de l'été 1756, affrontant déjà le problème des Acadiens venus directement de Nouvelle-Écosse, le Massachusetts reçut la nouvelle que « quatre-vingt-dix habitants français de Nouvelle-Écosse, ayant erré le long des côtes entre la Géorgie et la Caroline du Sud [...] sont entrés dans un port du sud de cette province [...][45] ». Toutes les tentatives de mettre fin à de telles errances, ainsi qu'aux déplacements des Acadiens à l'intérieur de la colonie, se soldèrent par des échecs. Des actes et des résolutions successives témoignent d'un problème continu, attribuable en partie à des réactions humanitaires. Certains déplacements furent enfin autorisés pour permettre la réunion des familles[46]. Répondant à une tentative de retrouver des Acadiens, Dedham termina ainsi : « Il y a une autre fille sans domicile fixe, qui demeure tantôt ici, tantôt ailleurs[47] ».

Le 13 août 1757, le Massachusetts renouvela sa tentative de régler directement le problème de sécurité posé par les errances des Acadiens. Un circulaire fut envoyé à tous les shérifs et à leurs adjoints ou délégués, soulignant le « grand danger posé dans la conjoncture actuelle par une trop libre circulation des Français venus de Nouvelle-Écosse[48] ». Ces mesures furent sans effet. En 1759, le général Wolfe réclama une surveillance plus étroite, se plaignant du fait que « certains ont abandonné la Nouvelle-Écosse et se sont dirigés vers le Canada[49] ». Le recensement qui s'ensuivit montra la composition de la population acadienne[50] :

---

44. Boston State House, *Hutchinson Papers*, vol. 23. Selon *Report for 1905*, II, 3 : app. E, p. 89, cet acte date du 28-30 août 1756. *Acts and Resolves... Massachusetts Bay*, 3 : p. 986.
45. 23 juillet 1756, Boston State House, *Hutchinson Papers*, vol. 23. De nombreux documents pertinents à cet épisode sont publiés dans Akins, *Nova Scotia Documents*, p. 302 ss.
46. Voir *Report for 1905*, II, 3 : app. E, p. 104 ss.
47. Boston State House, *Hutchinson Papers*, vol. 23.
48. *Report for 1905*, II, 3 : app. E, p. 114.
49. 5 octobre 1759, *Acts and Resolves... Massachusetts Bay*, 4 : p. 102.
50. Massachusetts State Archives, Council Records, Commonwealth of Massachusetts, 23 : p. 210.

le 25 janvier 1760 :

Acadiens aptes au travail	304
Inaptes pour cause de vieillesse (50 ans et plus)	61
Inaptes pour cause de maladie	107
Enfants de moins de 7 ans	240
Enfants aptes au travail, 7 à 14 ans	187
Chargés de soins aux malades	28
	947 *[sic]*

En vertu de la résolution adoptée à l'arrivée des Acadiens, le Massachusetts comptabilisa les dépenses nécessitées par la prise en charge. Pour l'année 1759, le coût total s'éleva à 1 478 £, 2 shillings et 9 pence. Au cours des années, plusieurs municipalités, telles Salem, se plaignirent du fait que « en raison de cet afflux de Neutres, l'accès à l'hospice est refusé à nos propres pauvres[51] ». Le soutien accordé aux Acadiens est évoqué dans les archives de Medway qui, pour subvenir aux besoins de neuf personnes, du 28 octobre 1756 au 7 mars 1757, dépensa 711 £, 3 pence[52] :

	£	Shillings	Pence
Loyer, maison pour une famille, du 28 octobre 1756 au 7 mars 1757		2	8
Neuf boisseaux de farine de seigle	1	10	
Neuf boisseaux et demi de maïs et de farine de maïs	1	2	9 1/2
286 livres de bœuf	1	18	1 1/2
64 livres de porc		8	6 1/2
32 livres de fromage		5	9
3 livres de beurre		1	10
8 livres de mouton		1	1
10 gallons de lait		4	6
13 cordes de bois		13	
Un demi-boisseau et un picotin de sel		1	9
Pain			4
Cinq gallons de cidre		1	2 1/2
2 livres de laine		4	8
Réparation d'une casserole			8
1 roue et 1 hache		16	8
M. Jean Thibault, interprète			8
	7	11 *[sic]*	3

51. 15 janvier 1757, Boston State House, *Hutchinson Papers*, vol. 23.
52. Mars 1757, *ibid.*

> Des neuf personnes ci-haut mentionnées, le chef de famille [...] âgé de 53 ans, sa femme âgée de 48 ans, n'étant pas en bonne santé, ne sont pas aptes au travail permanent ; le fils aîné, âgé de 28 ans, sa femme âgée de 23, tous deux en bonne santé ; le fils suivant âgé de 20 ans, en bonne santé ; le fils suivant âgé de 16 ans, santé fragile ; le suivant, 13 ans, le suivant, 9 ans, le dernier, 6 ans ; les quatre derniers sont petits et peu vaillants. Les hommes sont tous pêcheurs. Ils savent manier la hache, mais ne comprennent rien à notre agriculture ; il est donc impossible de leur trouver du travail permanent.

En septembre 1762, les dépenses attribuées au soutien des Acadiens furent évaluées à 6 000 £, tandis qu'en août 1763 elles s'élevaient à 9 563 £, 9 shillings 10 pence[53]. Il semble fort probable que ces factures demeurèrent impayées.

Si les archives du Massachusetts fourmillent de renseignements sur les dépenses occasionnées par les Acadiens, cette question demeure relativement mineure dans le contexte global. Au Conseil du gouverneur à Halifax, la Déportation avait semblé résoudre un problème épineux ; cependant, l'expulsion ne fit qu'aggraver les difficultés pour les autres administrations coloniales d'Amérique du Nord ; et pour les Acadiens, elle ne fut qu'un long calvaire. En réalité, la Déportation sema la confusion autant dans les colonies d'accueil que parmi les Acadiens. De plus, comme tous les intéressés ne devaient pas tarder à le constater, les suites de cette politique se firent sentir bien au-delà du *traité de Paris* de 1763. En janvier 1764, par exemple, une lettre du gouverneur Bernard du Massachusetts fit état d'une épidémie de variole[54] :

> La situation de ces gens [les Acadiens] est déplorable. Quoiqu'ils n'aient jamais été atteints de variole, ils sont néanmoins obligés de circuler en ville, car sans travail ils risquent de mourir de faim. Or, en ville ils contractent la maladie. Entassés dans de petits appartements, manquant des nécessités de la vie, ils méritent au moins les moyens de survivre [...] Je me vois obligé de faire appel à vous pour sauver ces gens.

Malgré un nombre limité de mesures adoptées pour pallier la misère des Acadiens, leur situation continua d'être pitoyable[55].

---

53. 6 septembre 1762, *Acts and Resolves... Massachusetts Bay*, 5 : p. 104 ; et *Report for 1905*, II, 3 : app. F, p. 133-134.
54. 18 janvier 1764, *Report for 1905*, II, 3 : app. E, p. 90.
55. Voir Pierre Belliveau, *French Neutrals in Massachusetts* (Boston, 1972), p. 22 ss. Manquant parfois de cohérence, son analyse est néanmoins exhaustive.

Au cours de l'été 1764 se présenta la possibilité d'une meilleure vie, quoique dans un milieu tout à fait étranger. « Tous les Acadiens résidant en Nouvelle-Angleterre » furent invités à s'installer à Saint-Domingue où « des terres leur seront concédées, et où, pendant les premiers mois de résidence, le Roi [Louis XV] prendra en charge leurs frais[56] ». Bernard s'opposa à cette proposition. En janvier 1765, dans un message envoyé à la Chambre des députés, il dit avoir été informé que « les Acadiens appartenant à cette province partent en grand nombre pour fonder un établissement à Saint-Domingue ». Il poursuivit en disant que

> Leur situation est vraiment pitoyable ; s'ils partent pour Saint-Domingue, très peu survivront à cause du climat insalubre. D'un autre côté, ils ont peu de raisons de demeurer ici ; c'est par souci humanitaire plutôt que politique que je suis désireux d'empêcher que ceux qui restent encore ici entreprennent ce voyage fatidique ; c'est pour les garder en vie plutôt que pour en faire des sujets britanniques[57].

Certains Acadiens réagirent avec amertume à ce paternalisme bien-intentionné, en répliquant au gouverneur que

> [...] depuis neuf ans nous vivons dans l'espoir de rejoindre nos compatriotes, et il nous semble que vous nous avez fermé une porte qui était jusque-là ouverte. Ayant toujours cru qu'en temps de paix les portes de toutes les prisons s'ouvraient, nous nous étonnons d'être retenus ici [...] C'est une épreuve très dure. À la suite de ce coup imprévu, il est dur de réfléchir à notre situation actuelle et de nous voir dans l'impossibilité de nous réconforter auprès des nôtres[58].

Cependant, selon la volonté du gouverneur, ils furent empêchés de partir.

Si ce projet se trouvait ainsi contrecarré, une alternative se présenta. Au printemps 1766, le gouverneur Murray du Québec écrivit au gouverneur Bernard pour proposer l'installation des Acadiens au Québec, moyennant certaines conditions, « pour le bien de l'Empire britannique[59] ». Avant le 2 juin, environ 890 Acadiens

56. *Report for 1905*, II, 3 : app. E, p. 90.
57. 24 janvier 1765, *Acts and Resolves... Massachusetts Bay*, 6 : p. 105.
58. « Jean Trahant, Castin Thibodet, Jean Hebaire, Charles Landry, Allexis Braux to the Governor and Commander in Chief of Massachusetts Bay, Boston 1st Jan. 1765 », dans *Report for 1905*, II, 3 : app. E, p. 92-93.
59. *Ibid.*, p. 96-99. Voir aussi *Acts and Resolves... Massachusetts Bay*, 4 : p. 911.

avaient consenti à être transportés aux rives du Saint-Laurent. *La Gazette de Québec* du 1er septembre 1766 annonça l'arrivée d'un *sloop* en provenance de Boston, transportant « quarante Acadiens qui, pour le bien de leur religion, viennent s'installer ici ». Le lundi 8 septembre, « dans la salle du Conseil du Château St-Louis dans la ville de Québec[60] » fut ordonnée la distribution de vivres pour un mois à quelque 90 Acadiens, hommes, femmes et enfants.

À partir de cette date, les renseignements fournis par les archives du Massachusetts se font de plus en plus rares. En 1766, 11 ans après l'arrivée des premiers exilés acadiens au port de Boston, un nombre considérable commencèrent à repartir. Nous reparlerons plus loin dans ce chapitre de ceux qui retournèrent en Nouvelle-Écosse et dont le nombre est encore controversé. Il suffit de préciser que les Acadiens envoyés au Massachusetts furent traités comme des prisonniers de guerre sans qu'un tel statut leur fût jamais accordé. La majorité des Acadiens étant nés depuis 1713 en territoire anglais, il y eut de sérieux doutes quant à leurs droits civiques. Par ailleurs, qu'il s'agît de la France, de l'Angleterre ou d'une colonie de l'Amérique du Nord britannique, les droits du sujet et du citoyen étaient encore mal définis au XVIIIe siècle. À plus forte raison, le problème de sujets ayant refusé de prêter serment rendait les fonctionnaires coloniaux prudents dans leur traitement des Acadiens. Quant à ces derniers, ils revendiquaient le traitement accordé aux prisonniers de guerre, si tel était en fait leur statut. Si par contre ils n'étaient pas prisonniers de guerre, les brimades dont ils souffraient ne leur semblaient nullement justifiées. Dans un cas comme dans l'autre, la séparation des parents et des enfants était jugée monstrueuse. Le Massachusetts évita de se prononcer officiellement sur le statut légal des Acadiens, se contentant de les appeler « les habitants de la Nouvelle-Écosse » ou « les exilés venus de Nouvelle-Écosse ». Toutefois, on interdit désormais la mise en apprentissage des enfants. En dernière analyse, quels que fussent les droits hypothétiques des Acadiens du Massachusetts, ils ne connurent en réalité que la pauvreté, la maladie et une liberté toute relative. Leur dispersion finale vers d'autres colonies, progressive et non enregistrée, fut aussi arbitraire que les traitements qu'ils avaient déjà subis.

---

60. Voir *Report for 1905*, II, 3. app. E, p. 100.

Du Massachusetts à la Pennsylvanie, les gouverneurs, les conseils et les assemblées accueillirent les Acadiens avec beaucoup de mécontentement ; cependant, ils subvinrent aux besoins des exilés et maintinrent une certaine surveillance jusqu'en 1763. Toutes les colonies du nord s'efforcèrent de répartir les exilés dans plusieurs villes et villages, non seulement pour limiter l'impact des coûts, mais pour prévenir toute possibilité de complot contre les hôtes. New York reçut environ 500 exilés, et le 9 juillet 1756 vota une loi accordant pouvoir aux juges de « mettre en apprentissage ceux des sujets de Sa Majesté qu'on appelle communément les Français neutres [...] de sorte qu'ils cessent d'être, comme ils le sont actuellement, inutiles à Sa Majesté et à eux-mêmes, et un fardeau pour la Colonie[61] ». Par ailleurs, il fut vivement recommandé aux juges de traiter « les dits exilés confiés à leurs soins avec toute la Justice en leur pouvoir, et de leur établir des contrats avantageux[62] ».

Le Connecticut reçut environ 400 Acadiens[63]. Les exilés furent répartis en groupes comptant en moyenne six ou sept personnes, les groupes les plus importants ne dépassant pas 17. Ces groupes furent dispersés à travers 50 établissements de la colonie[64]. Un rapport datant de 1760 fait état de 22 vaisseaux, arrivés au Connecticut en provenance de Boston, à qui la permission de débarquer des Acadiens fut refusée[65]. Il ne fait pas de doute que la destination suivante fut Saint-Domingue.

Étant donné la difficulté de reconstruire l'histoire des Acadiens qui s'installèrent aux Caraïbes, nos connaissances actuelles se résument dans les quelques paragraphes qui suivent. Dans tous les cas, les Caraïbes furent la destination seconde des exilés, et dans certains cas, la troisième ou quatrième escale[66]. Actuellement,

61. W. Livingstone et W. Smith (sous la direction de), *Laws of New York from the 11th Novembr, 1752 to 22nd of May, 1762*, 2 vol. (New York, 1762), 2 : p. 103-104.
62. *Ibid.*
63. Trumbell, James Hammond, et C.J. Hoadley (sous la direction de), *Public Records of the Colony of Connecticut, May, 1751-February, 1757*, 15 vol. (New Haven, 1850-1890), vol. 10.
64. « An Act for distributing and well-ordering the French people sent into this colony from Nova Scotia, January 1756 », *Report for 1905*, II, 3 : app. K, p. 254.
65. L.W. Cross, *The Acadians and the New England Planters* (Cambridge, NS, 1962).
66. L'analyse faite par J.T. Vocelle, *The Triumph of the Acadians* (1930), demeure la plus pertinente ; voir aussi Gabriel Debien, « Les Acadiens à Saint-Domingue », dans Conrad, *The Cajuns*, p. 21-96.

on évalue à 418 le nombre d'Acadiens quittant New York pour Saint-Domingue en 1764, dont 231 repartirent en 1765 pour la Louisiane. En 1765 on enregistre l'arrivée aux Caraïbes de 600 Acadiens venus d'« Acadie ». Ces derniers y auraient été encouragés par les Anglais[67]. Selon les registres paroissiaux, « les Acadiens furent décimés par la maladie pendant les premiers mois suivant leur arrivée[68] ». Leur sort ultérieur prête encore à discussion. Aidés par les gouvernements français ou espagnol, bon nombre d'entre eux poursuivirent leur chemin jusqu'en Louisiane, tandis que d'autres demeurèrent : en 1770 on constate encore la présence des Acadiens à la Martinique, à la Guadeloupe et à Saint-Domingue. Au milieu des années 1820 une enquête fut menée par le gouvernement français, visant à dédommager les anciens planteurs de Saint-Domingue ayant subi des pertes pendant la Révolution française[69]. La liste ne comprend que six noms acadiens[70]. Dans l'ensemble, la présence des Acadiens à Saint-Domingue n'est signalée dans les archives que de 1764 à 1790. Pour les années suivant cette date, nous disposons de très peu de renseignements.

Quant à la première destination des Acadiens, le nombre envoyé en Pennsylvanie semble comparable au nombre dirigé au New York et au Connecticut. Cependant, c'est en Pennsylvanie que la situation des exilés semble avoir soulevé des inquiétudes plus vives que partout ailleurs sauf en France. Environ 400 Acadiens y débarquèrent en décembre 1755[71]. Immédiatement, le gouverneur sollicita l'avis de son conseil quant à la réception et la disposition des exilés[72]. Ce n'est qu'au printemps 1756 que Benjamin

---

67. Archives coloniales de commerce de Guyenne, c. 4328, 1765, dans 1F2161, Archives départementales, Île-et-Vilaine (Rennes).
68. Debien, « Les Acadiens à Saint-Domingue », dans Conrad, *The Cajuns*, p. 87.
69. *L'état détaillé des liquidations opérées par la commission chargée de répartir l'indemnité attribuée aux anciens colons de Saint-Domingue en execution de la loi du 30 avril 1826*, 6 vol. (Paris, 1827-1833), cité par Gabriel Debien, « Les Acadiens à Saint-Domingue », Conrad, *The Cajuns*, p. 90.
70. A. Therior, Jacques Genton, Victoire Jourdain, Joseph Giroir, Michael Poirier et Marie-Madeleine Poirier.
71. Samuel Hazard *et al.* (sous la direction de), *Pennsylvania Archives: Selected and Arranged from the original documents in the Office of the Secretary of State of the Commonwealth...* 138 vol. (Harrisburg and Philadelphia 3 PA, 1852-1935). Eight Series, 1931, 6 : p. 4159.
72. 9th of December, 1755, Minutes of the Provincial Council, *Colonial Records, Pennsylvania*, 6 : p. 751.

Franklin reçut la commande d'imprimer la loi visant à « disperser les habitants de la Nouvelle-Écosse, importés dans cette province, dans les divers comtés de Philadelphie[73] ». Cette loi ressemblait à celle votée par le Massachusetts, confiant les Acadiens aux *overseers of the poor* ; cependant, elle ordonna que les exilés fussent placés dans des familles d'agriculteurs[74]. En janvier 1757, la Pennsylvanie avait décidé de mettre les enfants en apprentissage, tout en continuant de pourvoir aux besoins des « vieillards, des malades et des mutilés, aux frais de la province[75] ». Les Acadiens ripostèrent comme ils l'avaient fait au Massachusetts, par des pétitions réclamant la révocation de la loi. Une de ces pétitions affirma que « enlever aux parents des enfants innocents n'ayant commis aucun crime nous semble contraire aux préceptes de Jésus-Christ[76] ». En guise de conclusion, elle demanda que les Acadiens soient autorisés à repartir le plus tôt possible, moyennant l'engagement de ne pas se joindre aux Français. « Plus enclins à la guerre, prétendirent-ils, nous serions peut-être encore dans notre propre Pays[77]. »

Les archives provinciales démontrent que la mise en apprentissage fut arrêtée et que la responsabilité de subvenir aux besoins des Acadiens fut assumée « en grande mesure par des œuvres de bienfaisance privées, constituant ainsi une lourde charge pour les habitants bien disposés à leur égard[78] ». En 1760 les Acadiens envoyèrent une pétition aux frères Penne, accompagnée d'une lettre signée par plusieurs des hommes les plus influents de Philadelphie. Selon Pemberton, Hantin, Emton et d'autres signataires, les Acadiens avaient été frappés par toutes sortes de maladies, mais surtout par la variole.

> Les survivants se bercent de l'espoir que, à la conclusion de la Guerre, ils seront autorisés à reprendre possession de leurs terres, souhait qui découle sans doute de leur Conscience d'avoir été dépossédés pour des Raisons politiques et non pour les punir d'une Offense quelconque[79].

---

73. J.T. Mitchell et H. Flanders (sous la direction de), *Statutes at Large of Pennsylvania from 1682 to 1801*, 17 vol. (1896-1915), 5 : p. 215-219.
74. Hazard *et al.*, *Pennsylvania Archives*, 6 : p. 4408.
75. Mitchell et Flanders, *Statutes at Large of Pennsylvania*, p. 278-280.
76. Public Archives of Pennsylvania, Votes of Assembly, p. 4509-4512.
77. *Ibid.*, p. 4512.
78. Hazard *et al.*, *Pennsylvania Archives*, 6 : p. 4901.
79. « *Pemberton Papers* » (Harrisburg, s. d.), 1 : p. 99.

Par la suite, ce n'est qu'en 1771 que les archives de la Pennsylvanie font de nouveau allusion aux Acadiens, évoquant 22 familles vivant encore à Philadelphie, dont la plupart sont atteintes de maladies diverses[80]. Ce rapport est très différent de ceux rédigés à la même époque sur les Acadiens du Massachusetts pendant les années 1760, ou encore des rapports français datant du début des années 1770, où il est question de familles comptant jusqu'à 10 enfants. Esquissant le portrait d'un dénuement absolu, la liste provenant de Philadelphie fait état d'aveugles, d'enfants malades, d'enfants « idiots ». À part les registres des décès, les archives de la Pennsylvanie n'indiquent pas si ces Acadiens retournèrent en Nouvelle-Écosse ou s'ils se dirigèrent vers les Caraïbes et la Louisiane.

Le Maryland et les colonies situées plus au sud refusèrent la liberté de mouvement ; cependant, leurs tentatives de limiter les activités des Acadiens furent moins efficaces et de plus courte durée que ceux des colonies du nord. Comme nous l'avons déjà noté, la réaction du Maryland à l'arrivée des Acadiens fut un mélange de pitié et surtout de peur. La loi interdisant aux exilés d'assister aux manœuvres militaires fut suivie cinq jours plus tard d'une loi accordant pleins pouvoirs aux magistrats des tribunaux civils de pourvoir aux besoins des Acadiens, qui devaient être dispersés dans divers établissements[81]. En 1757, différents responsables de comtés demandaient de l'aide aux autorités d'Annapolis. Dans le comté de Talbot, par exemple, les rapports des commissaires affirmèrent que les Acadiens

> deviennent un fardeau, étant donné que nous ne sommes pas à même d'appuyer les vains efforts de ce peuple dépossédé de faire vivre ses familles nombreuses. Les impôts ordonnés par les magistrats suffisent peut-être à subvenir aux besoins de ceux qui ne peuvent pas assurer leur propre approvisionnement ; cependant, ils ne trouvent ni maisons, ni vêtements, ni autres nécessités, à moins de les mendier[82].

---

80. 2 novembre 1771, Pennsylvania Historical Society Collections, publié dans *American Catholic Historical Review*, 18 (1901), p. 140-142.
81. 27 mai, 1756, *Proceedings and Acts of the General Assembly of Maryland* (Baltimore, 1930), 24 : p. 542 ss.
82. Cité dans B. Sollers, « The Acadians (French Neutrals) Transported to Maryland », *Maryland Historical Magazine*, 3 (1907), p. 18.

Au Maryland, les archives de 1763 montrent qu'environ un tiers des Acadiens arrivés en 1755 étaient morts ou avaient émigré[83]. En 1765, une pétition acadienne demanda aux juges de paix du comté Cecil de leur faciliter l'émigration dans le Mississippi[84]. En effet, quelques bateaux partirent deux ans plus tard. Selon la *Maryland Gazette*, la goélette *Virgin*, transportant quelques Acadiens, quitta Annapolis en 1767[85]. Cependant, d'après certains rapports, il est presque certain que les passagers de ce bateau échouèrent à Santa Fe[86]. Par la suite, l'histoire des Acadiens envoyés au Maryland se résume de plus en plus à quelques détails d'ordre généalogique ; le sort de la majorité d'entre eux n'est que conjectural.

Plus au sud, le traitement accordé aux Acadiens devint de moins en moins uniforme. Comme nous l'avons déjà noté, la Virginie exporta le problème une fois de plus, au moyen d'une loi présentée à ses législateurs le 1er avril 1756, visant à « autoriser certaines personnes à passer un contrat pour transporter les Français neutres en Grande-Bretagne[87] ». Le coût s'éleva à environ 5 000 £[88]. Les Carolines et la Géorgie n'exercèrent sur les exilés qu'une surveillance relâchée. À vrai dire, la Caroline du Nord n'avait pas été désignée pour recevoir des Acadiens. Cependant, un nommé Jacques Morris débarqua au cap Few le 22 avril 1756 : « de sa part et de la part de 100 Français appartenant aux Français neutres envoyés en Géorgie et arrivés par petit bateau, muni d'un sauf-conduit émis par le gouverneur Reynolds (Géorgie) et le Gouverneur Glen (Caroline du Sud)[89] ».

Les exilés furent autorisés à poursuivre leur chemin vers le nord. Malgré l'impossibilité de suivre l'itinéraire de chaque groupe ayant quitté une colonie du sud ou d'identifier lequel fut repéré

83. Recensement des Acadiens, juillet 1763, photocopie conservée au Hall of Records, Annapolis, Maryland. L'original est conservé aux Archives nationales (Paris), Affaires étrangères, Politique Angleterre, vol. 451, f. 438.
84. Publié dans J. Johnston, *History of Cecil County, Maryland* (Elkton, 1881), p. 263.
85. 9 avril 1767 (Annapolis).
86. B. Sollers, « Report on Smyth, *A Tour of U. S. A.* (London, 1784) », *Maryland Historical Magazine*, 4 (1909), p. 279.
87. McIlwaine (sous la direction de), *Journals of the Houses of Burgesses of Virginia* (Charlottesville, 1909), p. 353. Le gouverneur donna son assentiment le 15 avril 1756.
88. « Governor Dinwiddie to Dobbs, June 11th, 1756 », dans Dinwiddie, *The Official Records*, 2 : p. 442-443.
89. W. Saunders, *Colonial Records of North Carolina, 1752-1759*, 5 : p. 655.

dans les rapports faisant état d'emprisonnements dans des colonies du nord, il est probable que le groupe de Morris réussit à parvenir jusqu'à New York[90].

La Caroline du Sud reçut plus de 1 000 Acadiens[91]. La politique adoptée par Charleston fut comparable à celle du Massachusetts, augmentée parfois de travaux forcés et de l'envoi de quelques familles en Grande-Bretagne[92]. En général, la vie des exilés fut réglementée par la législation du 6 juillet 1756, intitulée

> une Loi pour la disposition des Acadiens arrivés à Charleston, par l'envoi d'un cinquième de leur nombre dans les paroisses de Saint-Philippe et de Saint-Michele, les autres quatre cinquièmes étant répartis entre les autres Paroisses de la province[93].

Le 14 novembre 1755, la Géorgie fut prévenue de l'arrivée des Acadiens. Plutôt qu'une politique cohérente arrêtée par le gouverneur et le conseil, il s'ensuivit « un grand désordre et une vive inquiétude[94] ». La ville de Savannah compta entre 600 et 700 Acadiens, dont certains furent équipés de bateaux et autorisés à entreprendre le voyage de retour. Indigné, Lawrence écrivit à la Chambre de commerce en août 1756 que « des habitants français expédiés en Géorgie ont été aidés aux frais de la colonie et font voile maintenant à destination de la Nouvelle-Écosse[95] ». Ce ne fut qu'en février 1757 que la Géorgie vota une loi « pour approvisionner les Acadiens demeurant dans la province et prendre les dispositions nécessaires à leur sujet ». Comme ce fut le cas au Massachusetts, la politique adoptée par la Géorgie dispersa les Acadiens dans les municipalités et octroya aux juges de paix pleins pouvoirs pour mettre en apprentissage ceux qui étaient aptes au travail[96].

---

90. Doughty, *The Acadian Exiles*, p. 147.
91. Chiffres provenant des registres d'arrivées parus dans la *Carolina Gazette*, 13-20 novembre, 20-27 novembre et 4-11 décembre 1755. Voir aussi C.J. Milling, *Exile without End* (Columbia, SC, 1945).
92. Voir à ce sujet Milling, *Exile without End.*
93. T. Cooper et David James MacCord (sous la direction de), *The Statutes at Large of South Carolina, 1682-1838*, 10 vol. (South Carolina, 1836-1941), 3 : p. 31.
94. « Letter of Council to the Board of Trade, 5th January 1756 », dans Allan D. Candler (sous la direction de), *Colonial Records of the State of Georgia*, 7 : p. 207.
95. Akins, *Nova Scotia Documents*, p. 302-303.
96. *Statues enacted by the Royal Legislature, Georgia* (1757), 18 : p. 188.

De la Déportation et des années d'exil se dégage une impression de détresse et de souffrance. Le 8 octobre 1755, le capitaine Winslow décrivit le premier embarquement dans son journal :

> commençai à embarquer les habitants, qui partirent contre leur gré ; les femmes, bouleversées, portaient leurs enfants dans les bras, d'autres transportaient leurs parents âgés dans des charrettes avec tous leurs biens ; le tout dans le désordre et la plus grande détresse[97].

Sa description frappe par sa précision. Cependant, elle est loin de représenter la réaction acadienne aux événements de la Déportation. Après tout, les Acadiens sont des survivants. Non seulement les descendants des déportés vivent aujourd'hui dans les provinces Maritimes, mais d'autres ont constitué une communauté établie à environ 4 000 km au sud. En 1930, un recensement des familles francophones du sud de la Louisiane note que

> sur 120 familles [...] 108 étaient d'origine française des deux côtés [...] 11 familles parlent anglais et français en famille, mais le français est la langue de préférence [...] de la religion catholique sans exception [...] [de plus], 72 familles ont pour voisins les plus proches [...] la famille d'un quelconque parent [...] [ce rapport] ne tient pas compte de parents plus éloignés que les cousins germains[98].

Nulle part les Acadiens ne demeurèrent passifs devant les politiques infligées par d'autres. Même pendant l'embarquement, certaines communautés parvinrent à s'opposer au projet d'exil. Arrivés dans des territoires nouveaux, loin de se comporter comme des réfugiés ou comme des victimes de guerre, les Acadiens firent preuve d'un sens politique aigu. Sitôt adaptés à leur nouvelle situation, ils rédigèrent ou firent rédiger des pétitions revendiquant l'injustice de la punition subie et réclamant des modifications de leur situation[99]. Des pétitions furent adressées aux autorités des colonies anglaises en Amérique du Nord ; les Acadiens envoyés à l'étranger par la Virginie firent de même en s'adressant à Londres, ceux arrivés en France entre 1758 et 1764 écrivirent à Paris, et

97. « Winslow's Journals », *Collections of the Nova Scotia Historical Society*, 3 : p. 166.
98. T.L. Smith, « An Analysis of Rural Social Organization Among the French Speaking People of Southern Louisiana », *Journal of Farm Economics*, 16 (1937), p. 682-684.
99. Voir N.E.S. Griffiths, « Petitions of Acadian Exiles, 1755-1785. A Neglected Source », *Histoire sociale / Social History*, 11, nº 21 (mai / May 1978), p. 215-223, qui résume plusieurs de ces pétitions.

ceux renvoyés de France en Louisiane en 1785 firent parvenir leurs requêtes aux autorités espagnoles. Le leitmotiv de l'injustice est partout présent, et les autorités sont priées de corriger la situation malheureuse créée par la Déportation[100].

Il est très intéressant de comparer les différentes façons de souligner l'injustice de l'exil. En Amérique du Nord, les pétitions firent souvent allusion aux preuves de loyauté déjà fournies par les Acadiens à l'égard des intérêts britanniques. Par exemple, dans une pétition adressée au gouverneur Shirley du Massachusetts pour protester contre les mauvais traitements infligés à son fils, Joseph Michelle affirme que, avec sa famille, il avait été « employé dans la réparation des forts d'Annapolis, chargé des charrettes transportant le bois ; de crainte des Sauvages et au risque de notre vie, je fus obligé de travailler de nuit[101] ». De même, dans un tract rédigé à Philadelphie en 1758, les Acadiens affirmèrent que « nous avons subi des abus et des pertes sans nombre, infligés par les Français et les Indiens en conséquence de notre serment de fidélité[102] ».

Nullement intimidés par les autorités, les Acadiens exilés en Angleterre et en France rédigèrent des pétitions au sujet des conditions de vie et des subsides accordés par les gouvernements français et anglais. Selon les témoignages, plus de 1 044 Acadiens arrivèrent en Angleterre au début de l'été 1756[103]. Pendant les sept ans qu'ils passèrent en Angleterre, ils n'hésitèrent pas à contester les mesures qui étaient prises à leur endroit. À la fin des hostilités en 1763, invités à exprimer leurs souhaits quant à leur destination ultérieure, les Acadiens demeurant à Liverpool, à Southampton, à Penryn, à Falmouth et à Bristol exigèrent le retour en Acadie. « Nous souhaitons être rapatriés et que nos biens, dont nous avons été dépouillés (malgré la stricte neutralité que nous avons toujours maintenue), nous soient restaurés[104]. » Ces revendications n'eurent pas de suite ; cependant, elles montrent

100. Certaines pétitions sont publiées dans *Report for 1905*, II, 3 ; voir aussi L.H. Gipson, *The British Empire Before the American Revolution*, 6 : chapitre 6.
101. *Report for 1905*, II, 3 : app. E, p. 100.
102. Hazard *et al.*, *Pennsylvania Archives, First Series, 1752-1756*, 3 : p. 566.
103. N.E.S. Griffiths, « Acadians in Exile », *Acadiensis*, 4 (1974), p. 70.
104. *Ibid.*, p. 74. « L.G. and J.B. to John Cleveland, 4th January, 1763, Admiralty Records 98/9 ».

avec quelle précision les Acadiens envisageaient leur avenir. En fait, environ 866 Acadiens, soit moins que le nombre arrivé de Virginie, furent envoyés en France pendant l'été 1763[105].

Ces Acadiens ne furent pas les premiers à débarquer en France[106]. Plus tôt, en 1749, un vaisseau anglais était arrivé à Nantes, transportant des « Acadiens » venus de Louisbourg[107]. Presque 10 ans plus tard, en 1758, des arrivées séparées furent enregistrées à Boulogne, Brest, Cherbourg et Saint-Malo ; en 1759 à Boulogne, Dunkerque et Saint-Malo ; en 1760 à Cherbourg ; en 1761 à Rochefort, et en 1763 à Morlaix[108]. Il est difficile d'établir des chiffres précis ; cependant, le nombre d'Acadiens demeurant en France à la fin de 1763, y compris ceux envoyés d'Angleterre, s'élèverait à environ 3 000.

Ces Acadiens ne furent pas plus intimidés par l'administration française que par les autorités anglaises. Par exemple, ils accueillirent avec peu d'enthousiasme le projet français de les installer à Belle-Île-en-Mer, petite île au large de la Bretagne : la terre y était peu fertile et l'île était trop proche des Anglais[109]. Cette première réaction donna le ton des rapports futurs entre les Français et les Acadiens. En effet, les deux principales tentatives d'établissement, à Belle-Île et au Poitou (la « ligne acadienne »), se soldèrent par des échecs[110]. Par la suite, la plupart des Acadiens quittèrent la France en 1785, à destination de la Louisiane[111].

Au premier abord ce départ peut surprendre. Après tout, les Acadiens avaient connu l'exil en territoire anglais. Comme ils étaient Catholiques de langue française, on pouvait en conclure

---

105. *Report for 1905*, II, 3 : app. G, p. 150.

106. Pour une étude de l'expérience acadienne en France, voir N.E.S. Griffiths, « The Acadians Who Returned to France », *Natural History*, 90 (1981), p. 48-57.

107. À part les registres des arrivées, où figurent des groupes appelés Acadiens, nous possédons peu de renseignements. Cf. 1F2160, Archives départementales, Île-et-Vilaine (Rennes).

108. *Ibid.*

109. Pétition datée Morlaix, 31 octobre 1763, c. 5058, Archives départementales, Île-et-Vilaine (Rennes).

110. Winzerling, *Acadian Odyssey*, décrit l'arrivée en France de ceux qui avaient été envoyés en Angleterre. Voir aussi les ouvrages de Milton P. Rieder et Norma Gaudet Rieder, y compris *The Acadians in France*, 3 vol. (Lafayette, 1973). Ernest Martin, *Les Exilés acadiens en France au XVIII*e *siècle et leur établissement en Poitou*, fournit une excellente chronique de la vie des Acadiens de 1763 à 1785 dans une région de France.

111. N.E.S. Griffiths, « Les Acadiens et leur établissement en Louisiane », *France-Amérique*, 35 (1983), p. 1-4.

qu'ils partageaient les intérêts de la France, d'autant plus qu'ils avaient bénéficié d'une aide considérable du gouvernement français. Par ailleurs, on proposait de les établir dans l'une des régions d'origine de leurs ancêtres. Tout laissait donc supposer une assimilation facile. Cependant, en dépit de leurs attaches françaises, les Acadiens étaient également nord-américains. Pendant leur séjour de 20 ans en France, définis surtout par une identité forgée en « Acadie ou Nouvelle-Écosse », ils se montrèrent peu sensibles à l'influence du pays de leurs ancêtres. Dans une lettre écrite en 1759 par un avocat de Dinan au commissaire naval de Saint-Malo, sollicitant une aide pour les 22 Acadiens qu'il avait établis sur sa propre ferme, on découvre les raisons de cette indifférence[112] :

> Premierement ses peuples sont élevés dans un pays d'abondance, de terres a discretion, par consequent moins difficile a cultiver [...] de plus les hommes [...] ressentent déjà les chaleurs quoy aye point encore sensibles pour nous, ils mannient un peu la hache pour logement et assez mal quelques chose a leurs usages, ce qu'on n'appeller que hacheur des bois, les femmes filent un peu des bas.

Selon ce même témoin, les Acadiens exigeaient beaucoup de pain, réclamaient du lait et du beurre, refusaient le cidre ; ils préféraient les aliments nord-américains à la nourriture française.

Cependant, ces habitudes ne sont qu'une partie de la vie d'une communauté distincte. Les Acadiens affrontaient non seulement un milieu agricole très différent, mais un contexte sociopolitique nouveau. Comme on le constata au tout début de l'établissement à Belle-Île, ils étaient peu habitués à la rigidité des structures administratives françaises[113]. Ils acceptaient mal la dîme, s'indignaient de ne pas pouvoir changer de domicile, et trouvaient peu de terrain d'entente avec leurs voisins, les habitants originels de Belle-Île. Un autre projet fut entrepris pendant les années 1770 visant à établir les Acadiens sur les terres du Marquis de Perusse des Cars : cette expérience échoua aussi[114]. Quelques archives permettent de retracer jusqu'en 1828 le traitement des Acadiens comme groupe distinct en France ; cependant,

---

112. « Dinan, avocat de la Crochais à Guilot, Saint-Malo, 10 mai 1750 », IF 2159, Archives départementales, Île-et-Vilaine (Rennes).
113. Griffiths, « The Acadians Who Returned to France », p. 53 ss.
114. Voir Martin, *Les exilés acadiens*.

à partir de 1785, la survivance collective y figure moins souvent que la généalogie individuelle.

Les réactions d'une communauté d'exilés sont déterminées non seulement par des facteurs internes mais par les caractéristiques du nouveau milieu. D'une part, du moins pendant les premières années, les liens de parenté furent renforcés par l'absence totale de liens semblables avec les sociétés dans lesquelles les Acadiens étaient exilés. D'autre part, l'identité acadienne fut maintenue par des politiques officielles tendant à les désigner comme un groupe distinct, telles que la façon de les organiser, d'assurer des pensions, de les établir sur des terres réservées à leur usage. Mais tout compte fait, c'est la cohérence d'avant l'exil qui assura celle d'après. En effet, les comportements individuels furent déterminés par le sens communautaire, à tel point qu'un fonctionnaire de la Géorgie remarqua que « leur sectarisme et leur entêtement sont tels qu'ils ont préféré vivre ensemble dans la misère que de se séparer pour s'assurer une vie plus aisée[115] ».

Au cours de l'exil, les Acadiens purent compter sur quelques atouts sociopolitiques de première importance. Par exemple, les structures sociales étaient fondées sur la famille étendue. C'est ainsi que, malgré les séparations brutales, il subsistait toujours un réseau familial capable de fournir un soutien aux individus. Comme en témoignent les registres établis pour Belle-Île, les mariages entre membres de familles différentes reliaient des individus venus de divers établissements comme ceux d'un même village[116]. L'impact de l'exil, de la mort et de la maladie fut atténué par la présence de la parenté. De même, l'expérience politique précédant l'exil avait créé des structures d'autorité et formé un peuple convaincu de sa position de force et de sa supériorité morale dans toute négociation.

Un troisième facteur soutenait non seulement les exilés mais les Acadiens demeurés en Nouvelle-Écosse : ce fut leur croyance en une collectivité distincte, dont le pays légitime était « l'Acadie ou la Nouvelle-Écosse ». Sans être une nation, les Acadiens du

---

115. « Report of the Committee... 12th July, 1760 », Journals of the House of Assembly, State Archives, Columbia, South Carolina. Publié dans J.H. Easterby (sous la direction de), *The Journal of the Commons House of Assembly of South Carolina, South Carolina Colonial Records.*

116. Rieder et Rieder (sous la direction de), *The Acadians in France*, vol. 2.

XVIIIe siècle possédaient néanmoins une culture unique. Ils se sentaient propriétaires des terres qui entouraient leurs villages et se savaient soutenus par les liens de famille et par un mode de vie qui leur était particulier. Un tel sentiment orientait un comportement politique convenant aux besoins de la société qu'ils avaient construite entre deux empires. De plus, ils demeurèrent persuadés de n'avoir nullement mérité la Déportation. C'est grâce à ce sentiment d'appartenance à une communauté distincte, enracinée dans un territoire sur lequel ils avaient des droits légitimes, que les Acadiens purent vaincre l'exil, reconstruire leur ancienne communauté dans les provinces Maritimes et fonder une nouvelle société en Louisiane.

Loin d'être un événement ponctuel, la Déportation découlait d'une politique poursuivie avec zèle jusqu'en 1763. Cependant, malgré cette politique, quelques Acadiens demeurèrent dans la colonie[117]. Le 16 juillet 1764, les commissaires du Commerce recommandèrent au gouverneur de la Nouvelle-Écosse de permettre le retour des exilés, moyennant le prêt du serment de fidélité, et malgré le fait qu'ils « combattirent pour les Français pendant la dernière guerre[118] ». Neuf ans après le départ des premiers transports, les exilés furent autorisés à se réinstaller comme sujets à part entière. La Nouvelle-Écosse comptait alors 1 500 Acadiens[119].

Sitôt partis, les Acadiens avaient essayé sans relâche de retourner au pays. Ailleurs, même au Québec, ils s'intégrèrent difficilement. Comme le nota l'évêque Pontbriand en 1756, « le sort des Acadiens m'afflige ; à en juger par ceux qui sont ici, ils ne veulent pas demeurer parmi nous[120] ». De tous les lieux d'exil, du Massachusetts et de France, ils retournèrent en Acadie. Leurs terres étaient occupées, leurs villages devenus de véritables territoires conquis. Ceux qui avaient échappé à la Déportation avaient fondé de nouveaux établissements, situés parfois dans la péninsule mais le plus souvent aux extrêmes limites de l'ancienne « Acadie ou Nouvelle-Écosse ». À leur retour, les exilés avaient plusieurs

117. *Censuses of Canada, 1665-1871* (Ottawa, 1876), 4 : p. xxviii.
118. « Lords of Trade to Wilmot, July 16th, 1764 », ANC, CO 218/6, B 1115.
119. PANS, « Early Descriptions of Nova Scotia », *Reports* (Halifax, 1943), app. B, part 2, p. 32.
120. « Pontbriand à Belair, 23 juillet 1756 », Archives de l'Archevêque de Québec (Québec), 2 : p. 620.

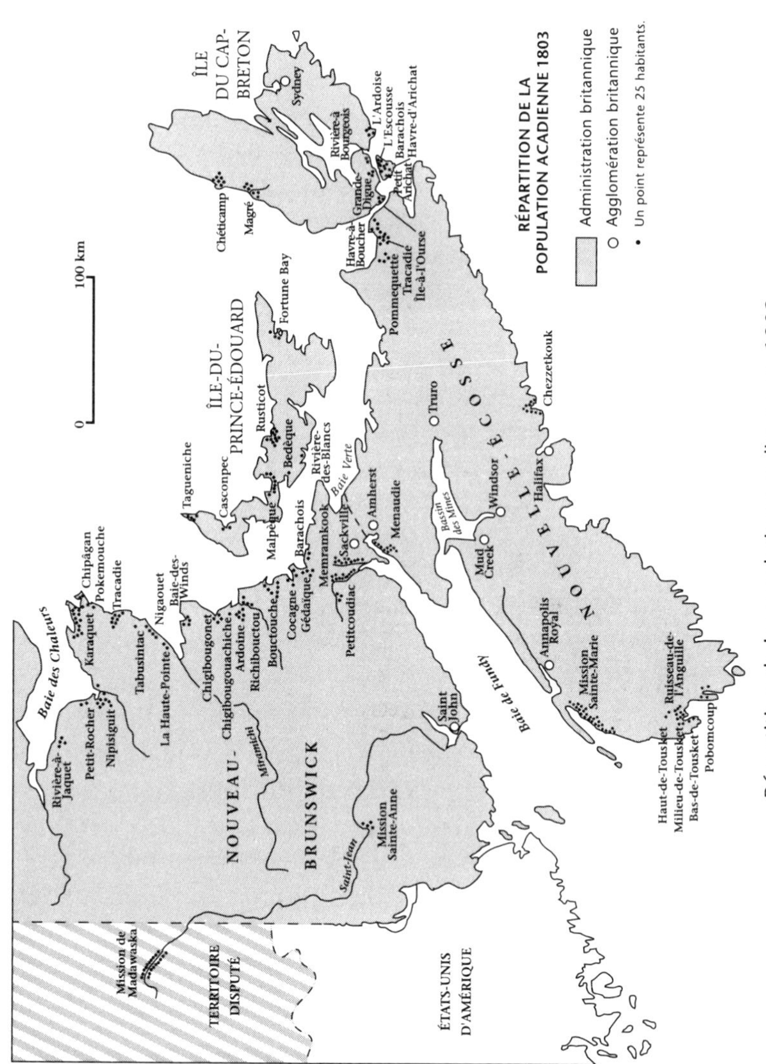

Répartition de la population acadienne en 1803.

options. Ils pouvaient se joindre aux communautés installées en Nouvelle-Écosse sur des terres qui leur étaient réservées, en particulier le long de la baie Sainte-Marie, dans le district de Clare[121]. Ils pouvaient s'installer ou dans les petits villages du Cap-Breton ou dans ceux de la future Île-du-Prince-Édouard. Ils pouvaient s'établir dans les villages acadiens qui deviendraient en 1784 le Nouveau-Brunswick, soit dans la vallée de la rivière Saint-Jean, soit sur la côte entre la baie des Chaleurs et la baie Verte.

Partout où les Acadiens s'établirent après 1764, il était clair que leur identité collective persistait. Autant que possible, ils cherchèrent à recréer la vie autonome qu'ils avaient connue avant 1755. Cependant, les circonstances avaient changé. Au lieu d'être un peuple frontalier, les Acadiens n'étaient plus qu'une communauté parmi d'autres au sein d'un vaste empire. À la fin des années 1780, leur nombre avait augmenté, mais ils n'en furent pas moins voués à un statut minoritaire dans les colonies atlantiques. Cependant, comme en témoignent les rapports envoyés par des missionnaires québécois à l'Archevêque du Québec à la fin des années 1780, les Acadiens demeurèrent tout aussi obstinés, aussi contestataires et aussi prompts à affronter quiconque prétendrait détenir une autorité quelconque sur eux[122].

L'évolution de l'identité acadienne est tout aussi complexe que l'histoire de sa genèse. En effet, cette identité avait été formée non seulement par l'expérience de la Déportation, mais par un ensemble d'idées reçues concernant la société d'avant l'exil. Elle était fondée non seulement sur une langue et une religion communes, mais sur une interprétation de l'histoire de la Déportation. Au XIXe siècle, les Acadiens devaient puiser dans cette interprétation des événements de 1755 une force unificatrice extraordinaire. Incontestablement, la politique du colonel Lawrence échoua dans sa tentative de détruire la communauté acadienne. Enfin, c'est précisément cet échec qui, aux siècles suivants, fournit aux Acadiens les bases de leur identité unique.

121. M.A. Tremblay, « Les Acadiens de la Baie Française : l'histoire d'une survivance », *Revue de l'histoire de l'Amérique française* (1962), p. 20.

122. « État de la mission de l'Acadie », Archives Archevêque de Québec, NE/1-12, 1786.

Conclusion

Le thème central de notre étude est l'émergence et la survivance d'un peuple. C'est le fil conducteur qui relie quatre périodes de l'histoire acadienne. En premier lieu, nous avons étudié la fondation d'un établissement européen entre 1686 et 1689, suivie de la formation d'une identité collective au cours des années 1730. C'est entre 1748 et 1755 que se situe la troisième période, celle de la dévastation d'une communauté trop faible pour y opposer une résistance efficace. Enfin, c'est entre 1755 et 1784 que, grâce au travail de cinq générations, une identité collective survécut.

Cette fin de XXe siècle voit surgir à nouveau des questions de culture et d'identité qui, il y à peine une génération, semblaient vouées à la disparition[1]. Par ailleurs, la persistance des identités minoritaires « nationales » ne manque pas de soulever des tensions dans les vieux états-nations. Qu'il s'agisse du séparatisme écossais ou des revendications basques ; des mouvements favorisant l'espagnol dans les écoles de la Floride ou du Texas ; des affirmations du Parlement lituanien, du programme du Parti Confederation of Regions du Nouveau-Brunswick ou de la législation linguistique du Québec, tout montre l'importance du problème que Ernest Gellner appelle « le nationalisme et la cohésion dans les sociétés complexes ». La plupart des tentatives pour comprendre ce phénomène partent du principe que l'état est le point culminant de la nation, la preuve de sa maturité ; par ailleurs, on s'intéresse au collectif plutôt qu'à l'expérience individuelle. Pour comprendre le nationalisme, on fait appel surtout aux méthodologies de la sociologie, des sciences politiques et de l'économie.

---

1. Parmi de nombreuses références, mes propres réflexions sont nourries par Philip K. Bock, *Rethinking Psychological Anthropology: Continuity and Change in the Study of Human Action* (New York, 1988) ; Ernest Gellner, *Culture, Identity and Politics* (Cambridge, 1987) ; et Lynn Hunt (sous la direction de), *The New Cultural History* (California, 1989).

Pourtant, les méthodes de la statistique n'éclairent qu'une partie de l'expérience humaine. De même, l'étude des structures sociales n'aboutit qu'à une ébauche du portrait d'une communauté. Même ce que Stoianovich appelle le paradigme *Annales* – l'étude du « fonctionnement d'une collectivité dans ses dimensions temporelle, spatiale, humaine, sociale, économique, culturelle et écologique[2] » – ne vise qu'une partie de la complexité de la vie humaine. Au fond, il faut tenir compte de l'individu, de son action, de sa perspective sur l'existence, de la variation individuelle par rapport aux normes sociales. Après tout, la collectivité n'est que le rassemblement des individus[3]. Il est donc indispensable d'étudier les rapports entre l'individu et la société dont il fait partie.

Au départ, j'ai visé des questions simples : pourquoi et comment des individus d'origines si diverses ont-ils constitué la communauté acadienne ? Quels atouts ont assuré la survivance de cette communauté ? Ce faisant, je recherche « le juste milieu entre l'individu et la société, terrain légitime de l'historien, si peu accessible qu'il puisse paraître d'un point de vue méthodologique[4] ».

Comme je l'ai reconnu dans l'introduction, c'est une ambition peut-être démesurée. C'est ainsi que mon séjour à la Mount Allison University fut pour moi à la fois une chance et un avertissement salutaire. J'ai pu mener à bien cette monographie, qui servira de schéma directeur d'une étude de plus longue haleine, portant sur l'histoire acadienne de 1604 à 1784. De plus, il est clair que plusieurs questions, non traitées dans les chapitres qui précèdent, devront être comprises dans un ouvrage plus complet : le rôle des femmes, l'impact extraordinaire des Micmacs, l'importance de la culture matérielle et artistique.

En conclusion, pour expliquer mes tentatives de comprendre l'histoire acadienne, seuls conviennent les mots d'un poète :

---

2. Traian Stoainovich, *French Historical Method: The Annales Paradigm* (Ithaca, 1976), p. 236.
3. Comme le fit remarquer Donald Kelley : « Qu'il s'agisse du vieux problème des universaux ou de celui, plus actuel, du conformisme statistique, l'historien s'efforcera inévitablement de résoudre le dilemme ». *The Beginning of Ideology, Consciousness and Society in the French Reformation* (Cambridge, 1981), p. 8.
4. *Ibid.*

ce sont les morts qui chantent. Qui
peut égaler leur grande chorale ? Dans
ce cimetière de Jolicure je m'incline
devant eux. Seul flotte le drapeau
sur la tombe de mon ami. Sa voix
murmure. Mot après mot. Impossible
d'oublier John. Quelle que soit la voie choisie[5]

En terre lointaine ou dans le pays où elle prit racine, il m'est impossible d'oublier l'Acadie.

5. Douglas Lochhead, *High Marsh Road* (Toronto, 1980), 27 novembre.

Notes biliographiques

Les notes indiquent les sources les plus utilisées lors de la préparation de cet essai. Cependant, sans constituer une liste exhaustive, les ouvrages suivants fourniront de plus amples renseignements sur les Acadiens.

1. Les sources primaires et secondaires sont riches et variées. La meilleure introduction est fournie par les travaux du Centre d'études acadiennes de l'Université de Moncton, notamment le premier tome d'un *Inventaire général des sources documentaires sur les Acadiens*, publié en 1975, suivi d'une *Bibliographie acadienne : liste de volumes et thèses concernant l'Acadie et les Acadiens des débuts à 1975* (s. d.), et d'un *Guide bibliographique de l'Acadie 1976-1987*, publié en 1988. Ces volumes témoignent de la richesse des archives portant sur l'histoire acadienne, indiquant également l'importance des collections du Centre d'études acadiennes qui, grâce aux microfilms, microfiches et photocopies, assure le maintien et le développement des archives, autant que le permettent les ressources financières et l'état actuel de la recherche.

2. Pour comprendre le contexte international de l'histoire acadienne, *L'identité de la France : histoire et environnement*, de Fernand Braudel (Paris, 1986), est un excellent point de départ. Pour connaître l'histoire de l'Angleterre à l'époque coloniale, voir J.R. Jones, *Country and Court England, 1658-1714* (London, 1978). Les sources pour l'étude de l'Amérique du Nord britannique à la même époque sont nombreuses : voir surtout Jack P. Greene et J.R. Pole (sous la direction de), *Colonial British America: Essays in the New History of the Early Modern Era* (Baltimore, 1984).

3. Sur l'histoire des Micmacs, l'étude de W.D. Wallis et S. Wallis, *The Micmac Indians of Eastern Canada* (Minneapolis, 1955), est indispensable. Voir aussi Philip K. Bock, « Micmac », dans Bruce Trigger

(sous la direction de), *Handbook of North American Indians*, vol. 15 : *Northeast* (Washington, 1978). A.G. Bailey, *The Conflict of European and Eastern Algonkian Cultures, 1504-1700*, 2nd ed. (Toronto, 1969), est une étude classique des relations entre Micmacs et Européens. Voir aussi Cornelius J. Jaenen, « Friend and Foe: Aspects of French-Amerindian Cultural Contacts in the Sixteenth and Seventeenth Century », *Canadian Historical Review*, 55 (1974) : p. 261-299. Une interprétation plus controversée est celle de Calvin Martin, *Keepers of the Game* (Berkeley, 1978).

4. Entre autres, les monographies suivantes méritent une mention particulière :

J.B. Brebner, *New England's Outpost: Acadia before the Conquest of Canada* (New York, 1927). Étude traditionnelle de l'Acadie comme colonie anglaise.

Glenn Conrad (sous la direction de), *The Cajuns: Essays on Their History and Culture* (Louisiana, 1978). La meilleure collection d'essais sur les Acadiens en Louisiane.

John G. Reid, *Acadia, Maine and New Scotland: Marginal Colonies in the Seventeenth Century* (Toronto, 1981). Cette étude situe les débuts de l'histoire acadienne dans le contexte de la colonisation par les Européens.

Andrew Hill Clark, *Acadia: The Geography of Early Nova Scotia to 1760* (Madison, 1968). Excellente étude de la géographie historique de l'« Acadie ou la Nouvelle-Écosse ».

Jean Daigle (sous la direction de), *Les Acadiens des Maritimes : études thématiques* (Moncton, 1982). Excellent recueil d'essais exposant les théories de spécialistes francophones contemporains.

Geneviève Massignon, *Les parlers français d'Acadie* (Paris, 1955). Ouvrage en deux tomes qui présente non seulement les structures du parler acadien, mais une analyse exhaustive de ses origines.

George A. Rawlyk, *Nova Scotia's Massachusetts: A Study of Massachusetts-Nova Scotia Relationships, 1630-1784* (Montréal, 1974), réexamine les idées de Brebner au sujet de l'impact du Massachusetts sur l'Acadie.

John G. Reid, *Six Crucial Decades: Times of Change in the History of the Maritimes* (Halifax, 1987). Recueil d'essais, dont celui portant sur les années 1750, « 1750's: Decade of Expulsion », conceptualise de façon brillante l'histoire acadienne.

G.F.G. Stanley, *New France: The Last Phase* (Toronto, 1969). Chronique des disputes internationales au sujet de l'Acadie à l'époque de la Déportation.

5. Entre autres, les ouvrages suivants présentent des points de vue émanant de la communauté acadienne contemporaine : Michel Roy, *L'Acadie des origines à nos jours : essai de synthèse historique* (Québec, 1981) ; Léon Thériault, *La question du pouvoir en Acadie* (Moncton, 1982).

Index

Achevé d'imprimer en avril 1997 chez

à Boucherville, Québec